AF142626

1   La veuve PLYNN

Du même auteur :

(E-books & version papier)

- **Somewhere in Vladivostok**
- **Harcèlement**   *(éd. BOD)*
- **Harassment**   *(éd. BOD)*
- **Acoso**   *(éd. BOD)*
- **Neith** (La mystérieuse Nubienne)   *(éd. BOD)*
- **The Nubian** (The mysterious Neith) *(éd. BOD)*
- **Les macarons**   *(éd. BOD)*

(www.bod.fr)

Couverture : Portrait imaginaire
(d'après une composition numérique de l'auteur)

La veuve PLYNN

LA VEUVE PLYNN

La veuve PLYNN

« *Le crime comporte son propre châtiment.* » (*Richard Brinsley SHERIDAN*)

La veuve PLYNN

1

Église de la Madeleine à Paris.

Il est 15 heures.

Le service funèbre touche à sa fin.

Ce fut une cérémonie digne, émouvante et grandiose.

L'église est pleine de personnalités du monde des affaires.

La veuve PLYNN

Dans un français parfait, l'éloge funèbre est prononcé par Ann, la fille aînée du défunt, spécialement revenue des États-Unis avec son époux pour la circonstance.

Éloge funèbre qui se termine en ces termes :

« ... Qui a connu mon père, sait quel homme exceptionnel il était. Il a consacré toute sa vie à la réussite de ses affaires. Il a perpétué le nom des PLYNN ici en France et à travers le monde. Il a aimé ma mère d'un amour fou, un amour sans équivoque. Il a consacré toute son énergie à maintenir notre famille dans une cohésion parfaite. Nous étions une famille unie jusqu'au départ de ma maman chérie, rappelée trop tôt par le Seigneur. Nous n'avons manqué de rien. Nous étions aimés de ce père qui s'en est allé rejoindre notre mère au royaume des cieux.
Papa, embrasse maman pour nous. Dis lui que nous pensons à elle et quelle nous manque cruellement.
Adieu papa !
I love you Dad . Take care !»

Robert et Shirley rejoignent Ann devant l'autel pour une accolade fraternelle.

Ils pleurent ensemble. Ils ont besoin de se serrer les uns contre les autres.

Les voilà définitivement orphelins de père et de mère. Ils constatent combien cela fait mal.

Ils sont à présent dans un corps à corps avec eux-mêmes et avec leur destin. Leur chagrin est immense.

Dans son rôle de grande sœur, Ann tente de les réconforter, mais reste inconsolable.

De nombreux témoignages particulièrement émouvants, viennent rappeler le parcours du défunt depuis son arrivée en France.

Parents, amis, tous unis par une même douleur, honorent de leur présence, cette cérémonie d'adieu.

Au premier rang, une veuve, en tailleur strict noir rehaussé d'une capeline noire style stradivarius, digne, inconsolable, tente de faire bonne figure.

Les enfants du défunt, nés d'une première union, sont assis juste derrière.

Une volonté affichée de ne pas paraître aux cotés de la femme « française » de leur père.

Le service funèbre se termine par le cantique « La Nuit » de Rameau, interprété avec beaucoup de ferveur par un chœur de chanteurs lyriques triés sur le volet.

« ...
Oh nuit vient apporter à la terre,
le calme enchantement de ton mystère,
l'ombre qui t'escorte est si douce,
si doux est le concert de tes voix chantant
l'espérance,
si grand est ton pouvoir transformant tout
en rêve heureux,
... »

Cantique que le défunt a écouté en boucle les derniers temps avant son décès.

Dans un concert assourdissant de cloches, le cercueil quitte l'église pour la dernière étape de la cérémonie.

Corbillard en tête, le long cortège de limousines noires avec chauffeurs, part de l'église en direction du cimetière du Père Lachaise, où le père Uschinghson, ami d'enfance du défunt, spécialement venu des États-Unis, dit une dernière prière en anglais, avant la mise en terre.

Ainsi se termine cette dure et éprouvante journée d'automne au cours de laquelle Joseph PLYNN a été mis en terre dans ce cimetière parisien, au côté de quelques célébrités, conformément à ses dernières volontés.

Réception dans un des salons de l'hôtel LUTECIA à Paris où les invités sont conviés à prendre un dernier verre à la mémoire de Joseph.

L'occasion pour ses enfants de revoir de vieux amis de la famille, dont certains ont effectué le déplacement depuis les États-Unis.

Dans un coin du salon, assise dans un fauteuil d'époque, un verre de whisky à la main, la veuve de Joseph PLYNN est entourée de quelques amis français venus la soutenir dans son épreuve.

Visiblement, elle cherche à s'étourdir en buvant verre après verre, des rasades de whisky pour supporter l'ambiance créée par les enfants de son défunt mari.

Elle sait que Robert, qui est à la tête des affaires en France, a contesté le testament olographe établi par son père quelques mois avant son décès.

2

Officiellement décédé d'un arrêt cardiaque à l'âge de 75 ans, Joseph PLYNN, est arrivé en France dans les années soixante, pour y installer une filiale de la société créée par son père qui a fait fortune dans l'agro-alimentaire.

Il est le seul enfant vivant de ses parents, non pas par le choix de ces derniers, mais parce que, sa mère est morte en couche à la naissance de sa sœur qui, elle non plus, n'a pas survécu à l'accouchement.

C'est un secret bien gardé, ignoré de tous, même de ses propres enfants Ann, Robert et Shirley.

Il a à peine connu sa mère.

Il a beaucoup souffert de cette absence.

D'où, tout au long de sa vie, sa volonté de créer une cellule familiale forte, de maintenir ce lien sacré envers et contre tout au sein de cette forteresse protectrice.

Pour lui, une famille, c'est un père, une mère, des enfants et beaucoup d'amour.

Chaque accouchement a été une épreuve pour lui.

Il a personnellement assisté à l'accouchement de chacun de ses enfants, priant Dieu que tout se passe bien.

Et lorsque l'enfant et la mère sont hors de danger, il ne peut s'empêcher de se rendre à l'église remercier ce Dieu qui lui a enlevé sa mère et sa sœur.

Ce même Dieu qu'il a maintes et maintes fois exécré dans ses moments de désespoir, ces moments où il donnerait sa vie pour avoir les conseils avisés d'une mère, le regard bienveillant d'une maman aimante, la main de la maman, caressant les cheveux de son enfant.

Il sait plus que quiconque, ce qu' est de ne pas grandir aux côtés d'une maman, un manque que les nurses de couleur en uniforme bleu et blanc, au service de la famille, n'ont pas pu en aucun cas combler.

Ce qui l'a rendu un peu replié sur lui-même, ne manifestant pas, de façon spontanée, sa joie ou ses états d'âme.

Ce caractère introverti qu'il a conservé jusqu'à l'âge adulte a singulièrement impacté sa manière d'interagir avec le monde extérieur, et notamment dans sa façon de conduire ses affaires.

Ses interlocuteurs sont quelque peu désarçonnés face à cette personne qui leur oppose une illisibilité complète.

Difficile de savoir le fond de sa pensée.

C'est quelqu'un qui n'aime pas parler de la pluie et du beau temps, c'est un homme qui tranche sans se poser de questions, laissant parfois ses interlocuteurs ou amis totalement sans voix.

D'aucuns diront qu'il est timide.

A moins qu'il s'agisse d'une carapace lui permettant de se protéger face au monde extérieur.

 Ce n'est pas sûr.

Ce qui est par contre une certitude et un étonnement, vu de l'intérieur de la cellule familiale, c'est son aptitude à être, en présence de ses enfants, un père attentif, gentil, ouvert, gai, joueur, rieur, ….

En somme, l'image la plus rassurante et la

plus sécurisante du bon père de famille.

Sa scolarité a été brève. Non pas parce qu' il n'était pas doué pour les études, mais parce que son père avait besoin de lui pour ses affaires, pour le préparer à lui succéder.

Ainsi, la High School Diploma (l'équivalent du baccalauréat) en poche, il rejoint l'entreprise familiale, en commençant tout en bas de l'échelle.

De la supervision du stockage des grains de maïs à la distribution des sacs des céréales à travers le pays, il connaît tous les aspects du métier.

Par la suite, son poste s'est considérablement enrichi, lui conférant les pleins pouvoirs au sein de l'entreprise.

Il se révèle être un redoutable et un habile négociateur.

Et peu à peu, son emprise a été totale, son père étant réduit à jouer un rôle de simple conseiller auprès de son fils.

D'apparence très british mais sans le flegme qui va avec, Joseph porte une fine moustache qui au cours de temps, est devenue grise.

Il faut dire que dans sa famille, les cheveux blanchissent très vite. Certains de ses oncles et tantes, ont blanchi dès l'âge de trente ans.

Ses yeux sont gris bleus, ses lèvres sont fines. Son menton est dans la moyenne des mentons. De plus, les rares fois où il sourit, on peut voir des fossettes sur ses joues, ce qui ajoute à son charme.

Dans sa ville de Bowling Green (dans l'État du Kentucky , siège du comté de Warren), chacune de ses apparitions dans l'enceinte du Baptist Church, met en émoi les jeunes prétendantes de la ville, chacune se revendiquant de la meilleure lignée de la région pour prétendre intégrer la célébrissime famille de John PLYNN, le magnat des céréales.

Elles rivalisent de stratégies et de postures pour attirer le regard bienveillant de Joseph.

Au cours d'une kermesse organisée par une

association caritative, Barbara, la fille aînée du révérend Pasteur Gary Turner, un chapeau de paille sur la tête, est très occupée à napper les lemon Poppyseed cakes de cream cheese frosting.

Elle ne remarque pas que le prochain client dans la file d'attente est Joseph.

Grosse impression quand elle s'en aperçoit..

Il est là, devant elle, attendant sagement son assiette de cake à la crème.

Combien de jeunes prétendantes voudraient être à sa place en cet instant précis ?

C'est une chance à saisir et elle n'a pas l'intention de la laisser passer.

Mais, elle occupe un poste stratégique derrière le stand des gâteaux.

Sa copine Jenny, chargée de trancher les cakes avant de lui passer les assiettes pour le nappage, ne peut pas tenir les deux postes en même temps.

Ce qui exclut qu'elle puisse s'absenter un instant du stand.

Comment faire ?

Une double ration de crème ?

Non !

Trop visible. Que faire pour se faire remarquer sans en avoir l'air?

Soudain, une idée de génie travers son esprit.

En lui tendant l'assiette, elle le regarde droit dans les yeux et lui chuchote quelque chose en articulant très distinctement les lèvres, comme dans le langage des sourds muets.

Pas besoin d'être un spécialiste du langage des sourds muets pour déchiffrer les mots sur ses lèvres.

Oui, il a distinctement lu sur ses lèvres :

« *I love you* ». *(je vous aime)*

Il n'a pas rêvé.

De plus, cette inconnue ne cesse de le fixer dans les yeux, créant chez lui, un sentiment de malaise, ce qui ne lui est pas familier jusqu'à ce jour.

Ça passe ou ça casse , se dit-elle.

Qu' importe son statut de fille de pasteur.

Dans un premier temps, Joseph est interloqué. Il se sens déstabilisé. Il ne sait pas quoi faire pour relever le challenge.

Quelle réaction devant ce qui semble totalement inédit pour lui ?

Que faire face à cette créature que d'aucun qualifierait d'effrontée ?

Comment réagir à la suite de ce geste stupide qui s'inscrit dans la magie de l'instant ?

Aucune femme ne l'a ainsi jamais abordé par le passé, et pour lui, c'est une situation qui n'est pas habituelle.

Alors, il tend timidement la main pour réceptionner son assiette de cake à la crème.

Et d'une voix timide, il lance :

« *Thanks !* » (merci !)

 Puis il ajoute :

« *Who are you ?* » (Qui êtes-vous ?)

 « *Barbara Turner*». Dit-elle.

Puis, il s'éloigne du stand sans rien ajouter, sans se retourner.

Elle se sent minable de n'avoir pas réussi à lui faire percevoir l'intensité de ses sentiments.

Mais elle se trompe.

De cet instant étrange, contre toute attente quelques mois plus tard, le révérend Gary Turner célébra l'union de sa fille Barbara avec Joseph PLYNN au grand désespoir de toutes les autres prétendantes du comté.

De cette union, naquirent trois enfants, deux filles et un garçon.

3

A son arrivée en France, ce fut le coup de foudre pour ce pays qu'il découvre pour la première fois.

A l'école, il a vaguement entendu parler du débarquement sur les côtes normandes.

Pour bon nombre d'américains de l'Amérique profonde, l'Europe en général et la France en particulier, sont une abstraction.

Pour eux, le monde s'arrête aux limites géographiques des USA.

Dès lors, il s'installe définitivement en France avec sa femme Barbara, ses enfants Ann, Robert et Shirley, venus le rejoindre quelques mois plus tard.

A cause de leur passion pour le cheval, leur première implantation fut Chantilly, à une cinquantaine de kilomètres de Paris, dans une propriété du XVIII siècle qui a été restaurée, au milieu d'un parc clos.

Chantilly est une commune française située dans le département de l'Oise, en région Hauts-de-France.

Cette commune est située au cœur de la forêt de Chantilly, dans la vallée de la Nonette.

Elle se trouve au centre d'une agglomération d'environ 30 000 habitants.

Un hippodrome complète le paysage, entre le lycée d'État et les grandes écuries.

Deux événements majeurs s'y déroulent chaque année : le prix de Diane et le prix du Jockey Club, deux courses hippiques mondialement connues.

Le prix de Diane est le rendez-vous hippique le plus glamour de la saison.

Occasion pour les femmes de la bonne vieille société Cantilienne de se parer des meilleurs atours : élégance, extravagance, folie vestimentaire. Tout y passe.

Dans cette ville, tout leur rappelle l'ouest américain, région du mustang par excellence. La forêt, le culte du cheval, rien ne manque.

L'État du Kentucky dont Joseph PLYNN est originaire, est une grande région d'élevage de chevaux.

Son père, le vieux John a possédé pendant plusieurs années, un élevage de chevaux de course, connu dans le monde entier, pour l'excellence et la lignée de ses chevaux.

Il savait mieux que tout le monde, croiser les

chevaux pour obtenir les meilleurs résultats **:** robes, vélocité, endurance.

En résumé, le meilleur de la race chevaline.

A la mort de son père, Joseph revend cet élevage à son cousin qui a été l'assistant de John pendant plusieurs années, pour se consacrer uniquement au secteur de l'agroalimentaire.

Ann et son frère Robert qui savaient monter à cheval avant de savoir marcher, fréquentent assidûment les grandes écuries du domaine de Chantilly, une des plus grandes écuries d'Europe, construites par l'architecte Jean Aubert pour Louis-Henri de Bourbon, 7ème prince de Condé.

Ces séances d'équitation qui se déroulent à la reprise de jeudi après-midi, sont l'occasion de fréquenter les enfants de la noblesse locale.

D'un autre côté, c'est également l'occasion de faire la connaissance de cette famille américaine venue s'installer dans la région.

Ainsi, se sont créés petit à petit, des liens d'amitié entre les PLYNN et bon nombre de familles Cantiliennes de la commune et des des environs.

Les nombreux garden parties organisés dans le parc des PLYNN, constituent également des événements à ne pas manquer.

Les gâteaux de Ms Barbara sont légendaires, parole de Joseph.

Robert PLYNN, le fils cadet, succomba aux charmes d'une douce Cantilienne prénommée Sylvie, avocate de profession, qu'il épousa quelques années plus tard.

De cette union, naquirent cinq enfants : quatre filles et un garçon.

4

Barbara, institutrice de métier, fille du très estimé et respecté pasteur Gary Turner, œuvre occasionnellement dans la cellule d'accueil de la congrégation de l'American Church de Paris, tout en continuant à assumer son rôle d'épouse.

Elle tente de maintenir au sein de son foyer, l'esprit de la famille typique américaine, tant sur le plan de l'éducation des enfants que sur celui de la vie quotidienne.

Le début des repas est systématiquement précédé de la bénédicité, dite à tour de rôle, en anglais.

L'éducation des enfants est stricte.

Barbara fait de son mieux pour préserver ses trois enfants de ce vent de liberté qui commence à souffler sur la France.

Mai 68 n'est pas loin.

Il faut se rappeler que Barbara est née et a grandi aux États-Unis.

Dans les années 60, le puritanisme américain est plus généralement un état d'esprit religieux fortement et durablement marqué par l'austérité des mœurs.

La notion de la responsabilité individuelle du croyant devant Dieu, sans l'intermédiaire d'une quelconque autorité morale et/ou religieuse, (clergé ou autre), qui serait investie d'une mission divine, est une réalité.

Ainsi, en considérant les influences fortes des églises presbytériennes, méthodistes, baptistes, quakers et beaucoup d'autres structures de type religieux, florissantes aux États-Unis en ce temps-là, force est de constater que l'esprit puritain n'appartient pas à une confession religieuse définie.

De plus, dans la mesure où tous les américains ne sont pas férus de théologie et ne brûlent pas de la même foi ardente, le puritanisme est un véritable choix de vie.

Ce constat est d'autant plus vrai qu'il illustre la particularité la plus déconcertante des États-Unis qui intègre la religion à la vie quotidienne, faisant de la religion, une partie intégrante de la vie sociale.

L'esprit religieux, la référence permanente à Dieu, les notions du Bien et du Mal, constituent la ligne directrice de la majorité des gens.

Barbara fait partie de cette majorité de personnes, même si elle réside à plus de huit milles kilomètres de sa terre natale.

Ann et sa fratrie ont subi cette dictature de la religion tout au long de leur vie aux côtés de leur mère.

Si, au fond d'elle-même, elle se sent parfois tiraillée entre les carcans de la religion et l'appréciation des saveurs de la vie face à l'irrésistible attrait pour les choses de la vie « ordinaire », Barbara ne demeure pas moins femme, avec des désirs de femme.

Pour elle, le coït n'est pas synonyme de procréation, mais doit être considéré en tant que relation humaine, requérant de facto, beaucoup plus d'un individu dans un comportement sexuellement humain.

Une des nombreuses questions qui restent sans réponse dans son esprit :

Quand se signer ? Avant ou après le coït ?

Question stupide et simpliste à la fois qu'elle n'a jamais réussi à poser ni à son père, ni à sa mère, la femme de l'honorable pasteur Turner.

Pourquoi cette crainte ?

Pourquoi cette nécessité de savoir ?

Alors, pour ne pas avoir tout faux devant Dieu, elle se signe avant et après.

Auprès d'un homme dont l'expérience sexuelle est très limitée, presque inexistante, Barbara n'a pas choisi en la personne de Joseph, la bonne moitié pour composer son couple.

Elle se définit elle-même comme une femme sulfureuse, confie une de ses amies.

Sulfureuse ?   Oui mais, jusqu'à quel point ?

Ce qui est certain en revanche, au moment de son mariage, elle est apparue comme une charmante jeune fille américaine, qui n'a pas l'assurance dont témoignent la plupart des jeunes filles de son âge et de sa condition.

Peut-être à cause de son jeune âge, (20 ans), et en raison de la subtilité particulière de son caractère, ce côté « sulfureux » est totalement occulté.

Elle aspire à devenir une femme dans toute sa plénitude, un peu sérieuse, un peu sulfureuse, un peu sensuelle, un peu délicate, un peu effrontée, … .

Elle ne détient pas de record homologué du nombre d'amants dans le comté.

Mais, en elle-même, elle ressent le besoin impérieux de se sentir vivante, avec cette envie irrépressible de braver les interdits, même si sa morale de bonne chrétienne l'empêche d'être cette femme qu'elle se complaît à regarder dans le miroir.

5

Depuis leur arrivée en France, plusieurs années se sont écoulées.

Les PLYNN vivent le bonheur parfait.

La scolarité des enfants se déroule bien. Les affaires de Joseph sont au top niveau. Joseph PLYNN est un homme riche.

Les enfants sont épanouis et sont devenus

parfaitement bilingues, même si Barbara exige que l'anglais soit la langue usuelle à la maison.

Au départ, Joseph s'y est opposé.

Mais finalement, il comprend le point de vue de son épouse. Il est important de ne pas oublier la mère patrie. L'âme de la famille américaine doit subsister au-delà des frontières.

Barbara n'a que faire de la nécessité pour sa famille de s'intégrer dans une société qui n'est pas la sienne. Pour l'heure, ils vivent en France, mais demain : où seront-ils ?

Pour elle, l'intégration des étrangers dans une société autre que celle de leurs origines, ne peut se faire en toute objectivité.

Peut-on mélanger l'eau et l'huile? Réplique-t-elle lorsque la question lui est posée.

La juxtaposition de plusieurs cultures ne peut donner un mélange homogène.

Par contre, assimiler les us et coutumes du pays dans lequel on vit, est une nécessité vitale, un réel atout.   .

Le métissage de leurs deux modes de vie semble donner de bons résultats. Elle ne se plaint pas, tant que les enfants sont contents.

De temps en temps, des conflits éclatent au sein de la famille entre Barbara et les enfants.

Une des causes **:** l'attitude occidentalisée des enfants qui va l'encontre des préconisations de Barbara, marquées des traits propres à la civilisation américaine.

Joseph est réduit dans son rôle de père, à régler ce type de conflit à longueur de temps, lui, le fervent défenseur de la mixité positive.

Chaque été, ils retournent avec bonheur dans le Kentucky. Ils retrouvent parents et amis de longue date.

Ann a renoué avec un ancien flirt. Ils parlent de fiançailles. Ils veulent les célébrer en France.

Jerry (l'heureux prétendant) a tellement entendu parler du romantisme à la française que, annoncer à ses amis ses prochaines fiançailles qui seront célébrées en France, le propulserait sans aucun doute au top de sa popularité.

Mais au retour de ce dernier été passé dans le Kentucky, Barbara fait état d'une forte fatigue.

De plus, des maux de tête violents et tenaces ne la quittent pas.
.
Au départ, l'accent est mis sur la fatigue du voyage et sur le décalage horaire.

Il est vrai que Barbara n'a pas ménagé ses forces lors de ce dernier séjour dans le Kentucky.

Tant de choses à faire, tant de visites à rendre, tant de réceptions à organiser. Etc ...

Un peu de repos devrait suffire pour tout remettre en ordre, conclut le médecin de quartier consulté à son cabinet.

Quelques semaines plus tard, les choses ne semblent rentrer dans l'ordre comme prévu.

Bien au contraire, elles empirent.

Barbara maigrit à vue d'œil.

Elle est gagnée par une fatigue généralisée qui l'empêche de se lever. Elle passe le plus clair de son temps au lit ou dans une chaise longue devant la télévision, incapable de faire le moindre effort.

Elle ne peut presque plus manger toute seule. L'assistance d'une nurse est devenue nécessaire.

Joseph décide de la faire transporter dans un centre hospitalier à Paris.

Des analyses poussées sont effectuées.

Les résultats révèlent une infection virale généralisée.

Joseph ne comprend pas. Ils ne sont jamais allés dans un pays tropical. Leur dernier séjour à l'étranger (si l'on peut considérer leur pays d'origine comme un pays étranger pour eux), s'est déroulé dans le Kentucky comme d'habitude.

Devant l'insistance du médecin chef de l'hôpital dans lequel Barbara est admise depuis une semaine, pour savoir ce qui a changé dans leurs habitudes pendant leurs dernières vacances dans le Kentucky, Joseph se souvient d'un déjeuner au bord du Nolin River Dam lac, non loin de Brownsville.

C'était une de ces journées où la chaleur est accablante et écrasante. Aussitôt arrivée, la famille PLYNN s'était installée pour un pic-nic. Mais avant le déjeuner, Barbara ressentit le besoin de piquer une tête.

Après plusieurs minutes passées dans l'eau fraîche du lac, Barbara mit enfin à sa baignade, se sèche au soleil avant de servir le déjeuner sur l'herbe.

C'est le seul fait marquant de ces dernières vacances au pays.

C'était d'autant plus curieux que Barbara a été

la seule à vouloir nager ce jour là dans le lac.

Joseph prend soudain conscience de la possibilité d'une contamination dans l'eau du lac. Mais il n'est sûr de rien.

Les derniers examens sont très mauvais. Le foie de Barbara est attaqué et nécessite la greffe d'un foie sain.

Elle est placée sous dialyse en attendant de trouver un donneur.

Mais, son état se détériore très rapidement.

A la fin de la deuxième semaine passée à l'hôpital, Barbara s'est éteinte au petit matin à l'âge de 52 ans, non entourée de l'affection de sa famille. Elle s'en est allée, sans pouvoir dire au revoir à personne.

6

Selon ses dernières volontés, les cendres de Barbara sont ramenées dans le Kentucky pour y être dispersées dans le parc national de Mammoth Cave autour du séquoia géant, à quelques kilomètres de Bowling Green.

De retour en France, Joseph est ses enfants sont encore sous le choc du départ brutal de Barbara.

La veuve PLYNN

La fulgurance de sa maladie ayant entraîné son décès, les laisse sans voix. Ils sont sidérés.

Ils ont du mal à se sortir de cet état de déni : les affaires de Barbara sont restées en l'état, à leur place habituelle.

A table, rien n'a changé.

Sa chaise n'est pas occupée, comme si, de retour de la cuisine, elle viendra s'installer pour partager le repas avec eux.

Le vide qu'elle laisse est immense.

Ils sont inconsolables.

Ann décide de retourner vivre aux Etats-Unis, dès que son père sera en mesure de supporter son absence après celle de sa maman.

Robert qui a été promu directeur général de l'entreprise, restera en France pour gérer les affaires auxquelles tous les enfants sont désormais associés.

Shirley ne sait pas encore ce qu'elle compte faire.

Les mois passent.

La vie continue son cours.

Les affaires sont toujours aussi florissantes.

La propriété du XVIII siècle, semble avoir retrouvé une certaine sérénité, bien que le souvenir de Barbara soit omniprésent dans la demeure.

Tous pensent l'avoir aperçue au moins une fois entre deux portes, déambulant, vaquant à ses occupations comme avant, comme si rien ne s'était passé.

Des bruits de pas raisonnent parfois sur le parquet au milieu de la nuit. D'autres fois, ce sont des sanglots qui déchirent le silence de la nuit.

Un beau matin, Joseph (toujours inconsolable), finit par se résigner et décide de prendre de longues vacances chez un de ses amis français qui possède une propriété sur les hauteurs de Grasse dans le sud de la France, ville qui culmine à 300 mètres d'altitude.

Dépaysement complet pour Joseph qui découvre pour la première fois les Alpes maritimes et ses environs dont il a beaucoup entendu parler.

Il ne sait où donner de la tête. Il est comme ennivré devant ces nouveaux paysages qui s'offrent à lui.

Il fréquente assidument Cannes qui n'est qu'à une quinzaine de kilomètres au nord de Grasse.

Il court les vernissages, il visite les musées.

Il s'intéresse à l'industrie du parfum. Il songe à créer une fragrance en mémoire de sa défunte femme.

Les discussions sont bien avancées.

Il découvre le plaisir de faire son marché, filet à provisions à la main, le samedi matin.

Il s'essaie à la cuisine, concoctant des plats provençaux en s'inspirant des livres de recettes achetés chez le libraire de son quartier, avec lequel il entretient une amitié nouvelle.

Barbara serait surprise de le voir cuisiner, lui qui n'a jamais cuit un oeuf dur à la maison.

Il écrit mille et une lettres à ses enfants pour leur raconter sa vie quotidienne à Grasse.

Il garde un oeil sur la gestion de l'entreprise et fait le point avec Robert tous les lundis matin.

Mais progressivement, son excitation retombe pour laisser la place à une mélancolie profonde.

Il regrette amèrement l'absence de Barbara avec laquelle il aurait aimé faire toutes ces découvertes.

Il imagine sa surprise au moment de lui offrir ce parfum spécialement créé pour elle.

Sa surprise aurait été double.

Joseph n'a pas l'habitude de faire des cadeaux. Il considère que chacun peut s'offrir ce qu'il désire en puisant dans les fonds mis à la disposition de la famille.

D'autre part, avec une grande émotion, elle pourra mesurer l'amour de son mari pour elle en perpétuant sa mémoire à travers cette fragrance qui porterait son nom à tout jamais.

Il entend sa voix lui dire :

« Oh !!!! Thank you so very much darling. »
(Oh !! merci beaucoup, chéri)

Un mois plus tard, un samedi matin, jour de marché.

Joseph est devant l'étal de son poissonnier préféré.

Il fait sagement la queue.

C'est son tour à présent.

Le poissonnier (avec un parfait accent du sud de la

France):

« ***Good morning Sir !*** » *(bonjour Monsieur)*

Joseph (avec un large sourire) :

« ***Good morning my friend !*** » (bonjour mon ami)

Le poissonnier dont l'anglais se limite à ces trois mots, ajoute :

« ***Qu'est ce qui vous fait envie ce matin ?*** »

Joseph pointe le doigt en direction des coquillages en disant :

« ***Noix St -Jacques ?*** »

Le poissonnier :

« ***Non, ce sont des noix de pétoncle*** »

Joseph (dubitatif) :

« ***Pétanque ?*** »

Le poissonnier éclate de rire, puis :

« *Non Monsieur ! P E T O N C L E !!! le cousin de la noix St-Jacques. Vous avez compris ?* »

Joseph essaie de comprendre. Il ne sait pas quoi répondre.

Quelques secondes plus tard, la personne qui le suit dans la file d'attente, lui souffle dans un anglais sans accent :

« *Scallop nuts* »

Il se retourne et aperçoit une jeune femme au visage fermé.

Joseph **:**

« *Oh Thanks !* » *(oh merci)*

 « *You're welcome.* » *(je vous en prie)* répond la jeune femme esquissant un léger sourire.

Après avoir passé sa commande, et pendant que le poissonnier prépare ses crustacés, Joseph se tourne vers la jeune femme :

« *American ?* » *(Américaine ?)*

La jeune femme **:**

« ***No, French*** » (Non, Française)

Joseph :

« ***Oh glad to meet you !*** » *(ravi de faire votre connaissance !)*

« ***Glad to meet you !*** » répond la jeune femme.

La veuve PLYNN

7

Joseph récupère ses paquets.

Il se met en retrait pour laisser à la jeune femme la possibilité de se rapprocher de l'étal.

Quelques instants plus tard, elle récupère à son tour ses paquets.

Joseph se rapproche d'elle et se présente :

« *Joseph* !»

La jeune femme :

« *Pleased to meet you !* » (enchantée !)

Puis :

« *Elvira !* »

« *How do you do ?* » (enchanté!) répond Joseph

« *Do you live in this area?* » *(Habitez-vous dans la région?)* questionne Joseph.

 « *I'm living in the heights of Grasse. And you?* » *(je vis dans les hauteurs de Grasse. Et vous ?)* répond Elvira.

« *Oh ! What a coincidence. Me too.*» *(oh quelle coïncidence, moi aussi)* réplique Joseph avec beaucoup d'entousiasme

« *Vous parlez français, Joseph ?* » questionne Elvira.

« Un tout petit peu ! Pas aussi bien que vous parlez anglais. Vous avez l'avantage ... » répond Joseph un peu gêné.

« Non, vous vous exprimez très bien. Moi je n'ai pas de mérite, j'ai vécu quelques années à New-York avec mon premier mari. A son décès, je suis revenue vivre en France, à Grasse, dans notre propriété. … Et vous que faites-vous dans la région ? » interroge Elvira.

« Après le décès de ma femme il y a quelques mois, voilà presque une année maintenant, j'ai beaucoup travaillé pour occuper mon esprit. Depuis un mois, je vis dans la propriété de mon ami français sur les hauteurs de Grasse pour me ressourcer et oublier mon chagrin ... » explique Joseph dans un français hésitant, et avec un peu de tristesse dans la voix.

« Je vous comprends Joseph. … On voudrait que la vie s'arrête. … Mais en fin de compte, la vie continue et le temps fait son œuvre. … C'est pour cela que j'ai préféré revenir vivre en France. » explique

Elvira.

« *Avez-vous des enfants ?* » demande Joseph.

« *Non, malheureusement. Mon défunt mari a subi une chimio très agressive qui l'a rendu stérile* » confesse Elvira.

« *Cancer ?* » demande Joseph.

« *Oui ! Un cancer des testicules.* » avoue Elvira.

« *Oh God !!! Il a beaucoup souffert … poor man !* » dit Joseph , très compatissant.

Elvira demeure silencieuse, visiblement triste.

« *May we have a drink ?* » *(Puis-je vous offrir un verre?)* lance Joseph.

Elvira ralentit le pas, tourne la tête, et fixe Joseph un court instant.
Puis :

« *Oh Sure ! The heat becomes stifling.* »

(Avec plaisir, la chaleur devient étouffante).

Ceci dit, ils s'installent à la terrasse du premier bistrot à la sortie du marché.

Assis face à face , elle comme lui, continue de déballer sa vie.

Dans l'intervalle d'un battement de cils, chacun sait tout sur l'autre.

Ainsi, Elvira apprend que Joseph est l'héritier des céréales PLYNN, veuf de fraîche date, trois enfants adultes, etc ... .

Hummm !!! très intéressant !

De son côté, Joseph n'en sait pas plus sur elle.

Un point l'intrigue **:** impossible de savoir le nom de son défunt mari.

Impossibilité totale de savoir dans quel quartier elle vivait à New-York.

Pour l'instant, peu importe. Le principal, faire un brin de causette avec cette femme inconnue qui lui a sauvé la vie devant l'étal du poissonnier.

Il repense aux noix de pétoncle. Alors **:**

« *Savez-vous préparer les noix de pétoncle ?* » demande Joseph.

« *Bien sûre que oui ! Il n'y a rien de plus simple …. Joseph, voici ce que nous allons faire : confiez-moi vos noix de pétoncles, et venez les déguster ce soir chez moi à la villa. … C'est une proposition honnête n'est-ce pas ? …. Qu'en pensez-vous ?* » dit-elle, le visage soudainement rayonnant de bonheur.

Elle prend soudain conscience de cet angle d'attaque providentiel.

Qui l'eut cru ?

Vive les PÉTONCLES !!!

8

Joseph obtempère et lui confie ses précieuses noix de pétoncle.

Elvira lui communique son adresse et prend congé.

Après le départ d'Elvira, Joseph reste un moment à la terrasse du bistrot. Il commande un autre verre.

Il se sent un peu coupable d'avoir accepté l'invitation de cette inconnue.

Trop rapidement à son goût.

Alors s'engage une conversation imaginaire avec Barbara, qui semble le mettre en garde contre la légèreté de son jugement.

Quel danger y a-t-il à aller déguster des noix de pétoncle ? Lui rétorque-t-il.

Je t'aurai prévenu, réplique Barbara.

Il finit son verre et rentre à la propriété.

Au cours de l'après-midi, alors qu'il a pris l'habitude de faire une petite sieste après son déjeuner, il lui est impossible de fermer l'œil.

Son esprit est peuplé par une suite interminable de questions qui le taraude depuis sa rencontre avec Elvira.

Quand sait-on qu'on a fait son deuil ?

Comment savoir s'il est temps d'ouvrir à

nouveau son cœur meurtri par une séparation brutale ?

Peut-on ressentir l'apaisement du cœur alors que le souvenir de l'être aimé est encore si vivace en soi ?

Après tout, à qui incombe la faute ?

A celui ou à celle qui a lâchement abandonné l'autre à son triste sort ?

Ou bien, à celui ou à celle qui a su dépasser sa douleur, après avoir observé la période de deuil réglementaire, voire socialement convenable, pour finalement tourner la page aux fins de signifier aux hommes et aux femmes, qu'il est temps de rejoindre le monde des vivants ?

Dans ce brouhaha indescriptible, le cerveau de Joseph finit par trouver l'apaisement lui permettant de somnoler pendant une ou deux heures.

Il n'eut pas le courage d'écrire sa lettre quotidienne à ses enfants. Cela peut attendre lundi.

Pourtant l'histoire des pétoncles aurait pu les passionner.

Mais a-t-il vraiment envie de leur raconter cette histoire, toute l'histoire, de A jusqu'à Z ?

Et ainsi se dévoiler face à ses enfants au moment où sa vie est sur le point de reprendre son cours.

Il sait que vis à vis de Barbara, il n'y a jamais eu la moindre ombre au tableau de ses sentiments pour elle.

Son attachement à son épouse n'a jamais connu de faiblesse, depuis le stand de la kermesse à ce jour funeste de son départ vers le Seigneur,.

Il ne se souvient pas avoir eu la moindre dispute avec elle.

Tout allait de concert avec elle.

Il aimait la vie à ses côtés.

Mais aujourd'hui, la rencontre avec Elvira lui a laissé une bien curieuse impression.

C'est un sentiment bizarre qui lui permet de se voir dans la position d'une personne en demande.

Comme si pour la première fois, il est à l'initiative d'un événement important en devenir.

Il n'a pas oublié la manière très spéciale dont Barbara a usé pour attirer son attention.

Cela a été très efficace, puisque c'est *in fine* elle qui a gagné son cœur parmi toutes les prétendantes du comté de Warren.

Au fond, qu'est ce qu'il aurait voulu, lui ?

Ne pas se sentir court-circuité dans son rôle du mâle qui par définition, doit être à la manœuvre ? A l'initiative ?

Il se rend-compte que cela a été une frustration qu'il a traînée durant toute sa vie.

Cela ne l'a pas empêché d'être un bon mari et un bon père. Il est convaincu d'avoir aimé Barbara d'un amour sincère.

Enfin bref !

C'est l'heure de se préparer.

9

Un bouquet de roses rouges à la main, Joseph se présente à la porte de la villa à l'heure dite.

Il sonne d'un coup sec.

Quelques instants plus tard, un clic déclenche l'ouverture du portail muni d'une camera de surveillance.

Il pénètre à l'intérieur de la propriété, traverse

La veuve PLYNN

une allée pavée de granite rose en accord avec la façade de la villa.

C'est une belle bâtisse, fleurie et très bien entretenue.

Il se rapproche de la porte d'entrée.

La porte s'ouvre.

Dans l'embrasure, Elvira dans toute sa splendeur.

Elle est vêtue d'une robe longue, en coton et de couleur rose nacrée.

Son cou est ses oreilles sont nus. Ses pieds également, laissant apparaître de longs pieds fins aux ongles vernis.

Il peut à présent voir la couleur de ses yeux, cachés auparavant derrière de grosses lunettes de soleil lors de la rencontre au marché.

Il n'a pas l'impression d'être en présence de la même personne rencontrée quelques heures avant.

Cela peut s'expliquer par le phénomène de la transfiguration qui s'opère dans le milieu naturel d'un individu.

Un individu à la maison, n'est pas le même à l'extérieur.

Il se rassure comme il peut.

Finalement, pour lui, R.A.S !

C'est une invitation, rien qu'une invitation à déguster des noix de pétoncles.

Elvira l'invite à pénétrer à l'intérieur et referme la porte derrière lui.

Joseph lui tend les roses.

Elle les accepte sans dire un mot. Il se dirige vers la cuisine pour les disposer dans un pot.

Joseph qui n'a pas été invité à s'asseoir, reste debout à l'entrée du salon, balayant du regard, cette pièce richement ornée.

C'est la première fois de sa vie entière qu'il se

retrouve enfermé avec une femme dont il ne sait presque rien, et qui semble le subjuguer au plus haut point.

Pour lui, c'est un jour particulier.

En la voyant s'éloigner vers la cuisine avec le bouquet de roses à la main, Joseph n'a pas pu s'empêcher d'observer à travers sa démarche intentionnellement / naturellement chaloupée, son postérieur qui ne le laisse pas indifférent.

Elvira revient au salon avec les roses savamment disposées dans un vase de couleur rubis, qui les met réellement en valeur, vase qu'elle dépose délicatement sur le guéridon central.

Ensuite, elle se dirige vers Joseph, lui donne un baiser sur la joue et lui dit :

« *Merci !* »

Joseph esquisse un sourire.

Pour la deuxième fois de sa vie, il est troublé par l'attitude inattendue d'une femme.

Il bredouille quelque chose entre ses lèvres, du type :

« *You're welcome !* » (Pas de quoi!)

Elle le prend par la main et le conduit vers le sofa et l'invite à s'asseoir.

Elle repart vers la cuisine, avec la même démarche chaloupée.

Quelques instants plus tard, elle revient avec un seau à champagne garni d'une bouteille de champagne de grand prix portant une étiquette sous la forme d'un écusson.

Elle invite joseph à œuvrer.

Un peu gauche au départ, Joseph réussit finalement à faire sauter le bouchon suivi d'un geyser du précieux nectar.

Elle se dépêche de présenter les coupes pour minimiser les pertes, recueillant au passage quelques goûtes sur ses doigts qu'elle passe derrière les oreilles de Joseph et derrière les siennes.

« *French tradition ? A lucky charm ?* »
(tradition française? Un porte bonheur ?) interroge
Joseph.

« *Sure ! It will bring us happiness.* » *(Oui !
cela nous portera bonheur)* répond Elvira.

Ah ? « Nous » ?

Un petit détail qui a son importance. Mais
pour l'heure, Joseph semble apprécier ce
cocon dans lequel il se trouve.

D'aucun verrait à travers ce tableau idyllique,
la veuve noire, tissant patiemment sa toile
autour d'un mâle qui a succombé à ses
phéromones.

A peine les premiers gorgées absorbées,
Elvira l'invite à visiter sa villa.

Pièce après pièce, sa coupe de champagne à
la main, Joseph peut se rendre compte de ce
luxe incroyable dans lequel évolue son
hôtesse.

Il est impressionné.

C'est un ravissement pour les yeux.

La visite s'achève enfin.

Ils reviennent s'installer sur le sofa.

10

Elvira propose que le dîner ait lieu à la cuisine.

Joseph ne s'y oppose pas.

Installé à la table de cuisine décorée d'une mosaïque authentique de la célèbre belgo-luxembourgeoise Marleen Lacroix, Joseph écoute très religieusement les explications d'Elvira concernant la recette qu'elle a choisie pour accommoder ses noix de pétoncle.

Jonglant avec les casseroles comme à la maison devant les yeux émerveillés de Joseph, Elvira termine la présentation des noix de pétoncle flambées au cognac, accompagnées d'un peu de riz légèrement parfumé au curry.

Elvira s'installe à son tour à table de cuisine, complète les coupes et lui lance :

« *Enjoy your meal !* » *(bon appétit !).*

A la première bouchée, Joseph s'exclame :

« *Oh my goodness !!!* » *(Oh mon Dieu !)*

Elvira n'arrive pas à cacher sa joie.

Elle est au sommet de sa gloire.

Joseph vient de mordre à l'hameçon.

A présent comment le ferrer et le sortir de l'eau ? … A suivre !

La fin du dîner se déroule dans un silence religieux, ponctué par le doux bruit des couverts dans les assiettes.

Tout semble indiquer que tout se passe bien.

Joseph en redemande.

Elvira s'exécute.

Le fond de la bouteille est vite atteint. Elvira propose une autre bouteille, mais suggère de rejoindre le salon pour l'apprécier après la fin du dîner.

Joseph est-il en position de lui refuser quoi que ce soit ?

Revenue au salon après avoir remis de l'ordre à la cuisine, Elvira rejoint Joseph sur le sofa.

Joseph accepte ce rapprochement sans opposer la moindre résistance.

Il se sent bien.

Il ne s'est pas senti aussi bien depuis bien

longtemps.

Non pas parce que les nombreuses coupes de champagne ont modifié son ressenti, mais tout simplement parce que Elvira est une source permanente d'enchantement depuis leur rencontre.

Après un moment de silence, Joseph se tourne vers son hôtesse et lui dit **:**

« *It was a real delight Elvira ! Thanks so very much. I do not regret having given you my scallops. … It will be my pleasure to take cooking classes with you.* » *(C'était un vrai délice Elvira ! Merci beaucoup. Je ne regrette pas de vous avoir confié mes noix de pétoncle. … Ce serait un plaisir pour moi de prendre des cours de cuisine avec vous)*

« *We start tomorrow ?* » *(nous commençons dès demain?)* réplique aussitôt Elvira.

« *Tomorrow and every other day.* » *(Demain et tous les autres jours)* renchérit Joseph.

« *Be careful Joseph ! I could take you at your word !* » *(Faites gaffe Joseph ! Je pourrais vous prendre au mot !)* avertit Elvira.

« ***What have I said wrong*** ? » *(Qu'ai-je dit de mal?)* s'inquiète Joseph.

« ***This is my way of saying that I feel at home. Nothing else.*** » *(C'est ma façon de vous dire que je me sens bien chez vous. Rien d'autre).* Ajoute-t-il.

« ***I too feel good with you, Joseph*** » *(Moi aussi je me sens bien avec vous Joseph)* confesse Elvira.

En joignant le geste à la parole, Elvira se rapproche un peu plus de son invité.

Joseph ne sait pas quelle attitude adopter.

Il hésite entre la retenue que lui impose son statut de veuf de fraîche date, et la libération de ses pulsions d'homme mises en sommeil depuis longtemps.

Face à cette femme dont chaque geste, chaque action, chaque intention, sont autant d'écueils à éviter, curieusement, Joseph ressent une forte attirance envers elle.

Son corps réagit à cette stimulation visuelle à laquelle s'ajoute une signature olfactive puissante, à mesure que son hôtesse se rapproche de lui sur le sofa.

Elvira suit un plan bien établi.

Il n'est pas question que Joseph quitte la villa sans la garantie de son retour dans les toutes prochaines d'heures.

L'heure tourne.

Joseph jette un œil à sa montre.

23h45.

Il finit sa coupe.

« *May I have a taxi ?* » *(Puis-je avoir un taxi?)* demande-t-il.

« *No way ! I drop you at home* » *(Pas question ! Je vous dépose chez vous)* réplique-t-elle.

L'heure n'est plus à la rigolade. Il faut porter

les estocades.

« *You really want to go home tonight ?* »
(Vous voulez vraiment rentrer chez vous ce soir?)
demande Elvira.

Surpris par la question, Joseph lui rétorque :

« *We barely know each other ….* » *(Nous nous connaissons à peine …)*

Prenant son visage le plus triste, Elvira tente le tout pour le tout.

« *I do not want to leave you tonight. … I no longer want to sleep alone in my big cold bed . … Stay with me ! … Please !* » *(Je n'ai pas envie de me séparer de vous ce soir. … Je n'ai plus envie de dormir toute seule dans mon grand lit froid. Restez , s'il vous plaît!).*

Puis elle ajoute, faisant semblant de se lever :

« *… If you really want to go home, just wait a second, I need to change my dress …* »
(si vous tenez absolument à rentrer chez vous ce soir, donnez-moi juste une seconde pour me changer …) .

Joseph perçoit sa déception et la tristesse dans sa voix.

Et au moment fatidique où elle est sur le point de se lever, il la retient fermement par la main.

11

Au matin de leur première nuit, Elvira et Joseph se réveillent blottis l'un contre l'autre.

Joseph est dubitatif : comment suspecter cette femme si douce, si câline, d'avoir de mauvaises intentions à son encontre, elle qui vient de lui offrir une nuit mémorable ?

Même si, à cet instant précis, il ne connaît ni ses véritables nom et prénom, ni le quartier où elle a vécu à New-York, cela ne fait pas d'elle, une femme de mauvaise vie, une femme à éviter à tout prix.

Ce qui retient plus particulièrement son attention, c'est cette absence totale de culpabilité.

Même si depuis le départ de Barbara plusieurs mois se sont écoulés, il n'a pas l'impression d'avoir trahi la mémoire de sa défunte épouse. Bien au contraire !

Ce qui vient de se passer au cours de cette nuit torride à laquelle il a activement participé, ne sonne pas pour autant la fin de son deuil.

En effet, comment oublier cette femme à la fois impétueuse, impertinente, bonne mère de famille et amante exceptionnelle à ses heures ?

A cours de ses derniers mois, cette question n'a jamais hanté son esprit ou peuplé ses pensées.

Pour lui, la vie a continué et doit continuer. Il ressent cela comme une nécessité vitale.

Sa famille, ses affaires, tous réclament son attention en permanence.

Il ne s'est jamais dérobé face à ses responsabilités. Cela n'est pas dans sa nature. L' éducation qu'il a reçu a fini d'installer en lui, cette volonté de toujours faire ce qu'il faut, au moment précis où il le faut..

Il sait qu'il a été un époux exemplaire pendant ce laps de temps très court (c'est quoi 25 ans à l'échelle du temps universel?) pendant lequel il a vécu aux côtés de Barbara dans le Kentucky et à Chantilly.

A présent que sa nature d'être vivant se réveille, pourquoi doit-il se sentir coupable de laisser libre cours à l'éveil de ses pulsions ?

D'ailleurs, qui peut le condamner ?

Qui peut lui jeter la première pierre ?

Ses enfants ?

Il ne le croît pas.

Ann est repartie vivre aux États-Unis. Elle a sa propre vie. Elle est presque mariée à Jerry avec lequel il vit maritalement.

Barbara n'aurait pas aimé cette situation. Mais elle n'est plus là pour rectifier le tir et rendre la situation plus convenable, plus acceptable, socialement parlant.

Robert, a endossé les habits de Directeur général qui lui vont comme un gant.

C'est un garçon, à l'image de son père, d'une rectitude exemplaire, un surdoué en affaires et de surcroît, c'est une personne qui n'aime pas regarder dans l'assiette de son voisin de table.

Sa devise : chacun fait ce qu'il veut, mais dans le respect de l'autre.

Quant à Shirley la benjamine, que peut-elle reprocher à son père qui a toujours abondé dans son sens?

Elle a choisi les Beaux Arts alors que Barbara voulait qu'elle devienne une infirmière.

Elle a fréquenté une jeune artiste peintre au grand désespoir de Barbara qui ne pouvait pas concevoir que sa fille puisse avoir un penchant pour une autre fille.

C'était une situation insupportable pour elle.

Joseph a toujours soutenu sa fille contre la volonté de Barbara, même lorsque Shirley a fait son coming out, en présentant son amante à sa famille.

Ce fut une des rares fois où le bel esprit de la famille américaine qui a toujours régné chez eux, a failli voler en éclats.
.
Shirley a fait de Joseph, son allié le plus précieux.

Pure conjecture ?

Et si tout ce raisonnement n'est qu'une vue de son esprit et non pas une certitude absolue ?

On peut considérer que la nuit qu'il vient de passer avec Elvira, chez Elvira, est la première étape de sa reconstruction.

Même si, vu de l'extérieur, l'altération de son jugement par les bulles de champagne et les doigts experts de son hôtesse, ne fait aucun doute.

L'ouverture nécessaire vers l'autre, n'a pas vocation à mettre un terme à sa douleur.

Elle entérine sa volonté de se réconcilier avec la VIE.

Il se sent prêt pour aborder une nouvelle vie.

Une nouvelle rencontre amoureuse pourrait être inscrite à l'ordre du jour des prochains mois.

Connaître la joie d'aimer encore une fois, et expérimenter les délices du bonheur à deux au sein d'un couple dans lequel l'amour serait l'unique règle : il commence à en rêver après cette nuit passée avec Elvira.

12

Réflexions de courte durée.

Elvira l'invite à prendre un bain.

Il s'exécute.

Moment de détente qui clôture cette nuit qu'il vient de passer de façon inattendue mais néanmoins fort agréable.

Elvira se glisse dans la salle de bain en petite tenue.

Elle veut l'aider à se laver.

Joseph se laisse faire : il n'a pas connu ce plaisir que connaissent tous les enfants.

De la baignoire, il passe ensuite dans la cabine de douche à jets multiples, cabine dans laquelle, il est rincé, massé et tonifié.

Joseph observe et vit tout ceci avec délectation.

Elvira ne se montre pas plus entreprenante qu'il est nécessaire de l'être vis à vis de son invité qui lui, en attend un peu plus.

Il commence à prendre goût aux mille et une attentions de son hôtesse.

Avant d'aller le déposer chez lui, ils passent un moment ensemble à la cuisine autour d'une tasse de café.

Elvira profite de cet instant pour lui rappeler combien elle se sent heureuse avec lui.

Elle n'en fait pas trop, mais laisse entrevoir son désappointement de devoir se séparer de lui.

De retour chez lui à la propriété, Joseph s'installe sur le sofa.

Il tente de se réveiller de ce rêve éveillé, ce rêve merveilleux dans lequel il voudrait y rester à jamais.

Cela fait deux jours qu'il n'a pas écrit à ses enfants.

Alors, il tente de le faire à présent en se rendant à son bureau.

Impossible d'aligner deux mots : les idées ne viennent pas. Ou du moins, il ne sait quoi leur dire.

Une heure passe. Toujours rien.

Il essaie encore et encore.

Alors, il décide d'appeler Robert au téléphone pour lui annoncer qu'il a décidé de prolonger son séjour à Grasse.

Grosse surprise à Chantilly. Mais …

Il profite pour avancer la réunion du lundi. Pas grand à dire. Tout se passe bien.

Robert ne reconnaît pas son père. Il sent qu'il se passe quelque chose, mais il n'ose pas le questionner.

Il tente un coup de poker.

« ***Dad, may I come to visit you on next weekend ? .. I need to move a bit. Yes ?*** »
(Papa, puis-je venir te rendre visite le week-end prochain ? … J'ai besoin de bouger … Je peux?)

 Après un moment de silence, et contre toute attente **:**

« ***Of course, but come with your sister*** »
(Oui, mais viens avec ta sœur)

« ***Ok Dad ! Thanks. Take care.*** » répond Robert.

« *You too ! Bye !* » réplique Joseph.

Robert reçoit cet accord comme le signe annonciateur d'un événement important.

13

Après avoir raccoché avec son père, Robert se met à gamberger.

Il appelle sa soeur.

« ***Nous allons à Grasse en fin de semaine*** »

« ***Pourquoi faire ?*** » interroge Shirley.

« ***Papa veut nous voir tous les deux.*** »

La veuve PLYNN

répond Robert.

« *Ah ? ... Que se passe-t-il ? ... Tu viens de lui parler ?* » enchaîne Shirley.

« *Oui ! … Il m'a semblé très énigmatique .* » ajoute Robert.

« *Tu crois qu'il veut nous présenter sa nouvelle fiancée ?* » ironise Shirley.

« *Arrête tes bêtises !* » ordonne Robert.

« *Tu verras !!* » continue d'ironiser Shirley.

Robert entrevoit cette possibilité en fin de compte. C'est possible que son père ait pu rencontrer une femme là-bas, avec laquelle il veut refaire sa vie.

« *Ça fait combien de temps que maman est partie ?* » demande Robert.

« *C'était hier ...* » répond Shirley.

« *Oui !* » répond Robert dans un grand soupir.

« *Crois-tu que le séquoia géant se porte mieux depuis que maman a enrichi sa terre ?* » interroge Shirley qui se souvient de ce dernier voyage de sa mère sur sa terre natale.

« *Probablement oui !* » répond Robert qui, lui aussi se souvient de ce moment poignant.

Il se souvient en particulier du temps qui s'est figé au moment où les cendres de Barbara ont été répandues autour du séquoia géant.

Le parc qui normalement grouille de monde, s'est momentanément retrouvé vide de toute âme, autour du séquoia géant. Un peu comme si, le séquoia géant a irradié les environs immédiats pour que personne ne puisse venir pervertir et perturber le lieu au moment précis où, lui le séquoia géant, reçoit Barbara, la fille du pays, de retour au pays pour y demeurer à jamais.

Shirley l'a également remarqué.

Elle est envahie d'une profonde tristesse, elle qui n'a jamais évoqué ce moment avec quiconque auparavant.

Elle a passé des heures entières à pleurer dans sa chambre.

Parfois, elle s'endort avec l'impression que, sa tête est posée sur les cuisses de sa mère, et que cette dernière, tout doucement, lui passe les doigts dans les cheveux en chantant sa berceuse préférée :

« *Baby's boat the silver moon,*
Sailing in the sky,
Sailing over the sea of sleep,
While the clouds float by.

> *Sail, Baby, sail*
> *Out upon that sea,*
> *Only don't forget to sail*
> *Back again to me.*

Baby's fishing for a dream,
Fishing near and far,
His line a silver moonbeam is,
His bait a silver star. »

(Le bateau du bébé est la lune d'argent
Voguant dans le ciel,
Voguant sur la mer du sommeil
Tandis que les nuages flottent alentours.

      Vogue, bébé, vogue
      Là-bas sur cette mer,
      Mais n'oublie pas de
      Me revenir.

Bébé pêche un rêve,
Il pêche près et loin,
Sa ligne est un rayon de lune d'argent,
Son appât une étoile d'argent.)

14

« *Hello sister !* » *(Bonjour ma sœur)*

« *Shirley ? Everything is ok there ?* »
(Shirley ? Tout va bien?)

« *Is Jerry next to you ?* » *(Jerry est-il à côté de toi?)*

« *Yes, why ? You are worring me !* » *(Oui, pourquoi ? Tu m'inquiètes !)*

« *Dans ce cas on va parler français, si tu*

La veuve PLYNN

veux bien »

« *Ok, dis moi, qu'est ce qui se passe ?*
Pourquoi tout ce mystère ? C'est Papa ? Il
lui est arrivé quelque chose ? Shirley tu
peux me le dire, tu sais ? »

Après un moment de silence :

« *Je crois que maman est vraiment morte*
maintenant …. » murmure Shirley.

Ann est interloquée et furieuse de ne pas
saisir la portée de ce qui se passe là-bas en
France.

« *Ça suffit !!!! Que se passe-t-il ?* » hurle
Ann, manquant de réveiller Jerry.

« *… Je crois que papa va se remarier …* »
annonce Shirley à sa sœur.

Ann accuse le coup. Puis :

« *…..Qu'est ce qui te permet de dire ça ?* »
demande Ann.

« *Il veut nous voir le week-end prochain, Robert et moi* » répond Shirley.

« *A Grasse ?* » demande Ann.

« *Oui !* »

« *Ah ?* »

« *Robert ne croit pas que c'est pour cette raison que papa veut nous voir* » ajoute Shirley.

« *Il a peut-être raison … je ne crois pas que papa peut prendre une telle décision si vite … Maman est tellement présente encore dans nos vies …. Et si papa voulait tout simplement nous annoncer une mauvaise nouvelle concernant sa santé ? … Avez-vous pensé à cette possibilité ?* »

Ann pose mille et une questions, passant d'une hypothèse (farfelue) à l'autre (encore plus farfelue), supputant, préparant (on ne sait jamais) la défense de sa défunte mère face à un père qui voudrait tourner la page.

Mais après tout, a-t-elle le droit d'assigner son père à résidence dans son rêve de préserver la mémoire de sa défunte mère, contre vents et marrées ?

Au nom de quoi son père ne peut-il pas continuer sa vie d'homme, en toute simplicité, aux côtés d'une femme avec laquelle il se sent bien ?

N'est-ce pas son droit ?

Ann semble oublier que les américains sont les champions (toutes catégories confondues) du remariage.

Elle semble également ignorer le vieil adage : « **The show must go on !** » *(la vie doit continuer !)*

« *La vie, n'est-ce pas l'art du possible ?* » a dit quelqu'un.

Alors, si c'est le cas, pourquoi son père ne mérite-t-il pas une nouvelle chance de bonheur pour vivre une seconde partie de vie heureuse et enchanteresse ?

« *Peux-tu me passer Robert ?* » demande Ann.

« *OK ! Bye !* » répond Shirley.

« *Bonjour Ann !* »

« *Bonjour Robert !* »

« *C'est quoi cette histoire de mariage ?* »

« *Je n'en sais rien, Shirley en est persuadée. Pour ma part, rien ne l'indique. Tout ce que je sais, papa veut nous voir. C'est tout. Il m'a dit très exactement, amène ta sœur lorsque je lui ai proposé d'aller lui rendre visite à Grasse. Et depuis, c'est le remue ménage. Shirley ne tient plus en place. Et je ne comprends pas pourquoi elle t'a appelée. Désolé !*»

« *C'est donc toi qui as demandé ce rendez-vous ? Et pourquoi donc ?* »

« *Papa m' a appelé ce matin. En principe, il m'appelle le lundi pour le point hebdomadaire. Il n'était pas comme* d'habitude. J'ai senti quelque chose d'inhabituel dans sa façon de me parler. Comme si, il était préoccupé. Alors, n'ayant pas la possibilité de vérifier, je lui ai demandé d'aller le visiter le week-end prochain. Et c'est suite à ma proposition de voyage, qu'il m'a demandé d'amener Shirley. Voilà toute l'histoire. »

« Je comprends mieux. … Mais quand tu dis avoir décelé quelque chose d'inhabituel, que veux-tu dire exactement ? »

« Je ne sais pas trop … Je ne peux pas l'expliquer. … Je connais mon père. ... Je peux deviner la moindre de ses émotions … Mais ce matin, j'ai bien senti une certaine gêne chez lui dans sa façon de s'adresser à moi. J'ai compris qu'il se passe quelque chose ... Je suis convaincu qu'il s'est passé quelque chose d' important. »

« Robert, veux-tu que je vienne ? »

« Crois-tu que cela soit nécessaire ? »

« Oui, je crois ! Tu ne penses pas que

maman aurait voulu ça ? Elle mérite qu'on se battre pour elle. Tu ne crois pas ? Et c'est notre devoir de le faire. N'est-ce pas ?»

« D'accord avec toi, mais, et si c'était pas ça ? »

« Tant pis, ça nous donnera l'occasion de nous voir tous ensembles dans le sud de la France. »

« Ok, je te réserve une place dans le prochain vol. Jerry viendra avec toi ? Je préviens papa ? »

« Non ! Jerry ne viendra pas avec moi. Ne préviens pas papa. ... Au fait, où en est la dispersion des affaires de maman ? »

« Rien n'est fait. Je n'ai pas eu le courage. »

« Et que dit papa ? »

« Rien. ... Je ne sais pas si tu sais, il s'est installé dans une autre chambre à l'étage. ... Probablement pour ne plus vivre dans cette chambre où tout lui rappelle maman.

Du moins, c'est ce que je pense. »

« *Ah ? Il a quitté sa chambre ? Avec toutes ses affaires ? Non, je ne savais pas. Shirley ne m'a rien dit. Ah celle-là !!!* »

« *Je ne sais pas, Ann. Je ne sais pas ! C'est si important avec ou sans ses affaires ?* »

« *Oui ! Très important.* » répond-t-elle sèchement.

« *Ann ! Je te comprends, mais notre maman est morte ! Il faut qu'on se fasse une raison. … Papa l'a aimée et respectée. Je crois que maman a été heureuse. C'est l'impression que j'ai toujours eu en les regardant vivre.* »

« *Robert, tu ne peux pas comprendre ! Ce que je veux dire est simple : si, il a quitté sa chambre avec toutes ses affaires, pour moi, cela signifie qu'il a tourné le dos à son passé, et ce, de manière définitive. Il ne mettra plus jamais les pieds dans cette pièce. Ce* « *passé* » *dont il veut tourner le dos, c'est quoi, c'est qui, selon toi ? Tu comprends maintenant ce que je veux dire ?* »

« *Ann, oui, oui et oui ! Qui ne comprendrait pas ? Mais pour l'heure, nous ne sommes même pas sûrs de l'objet de cette invitation. Ce n'est pas très sain de prêter ce genre d'intentions à notre père, alors que tout ceci a démarré sur une simple impression, ressentie ce matin. … Alors, de grâce, ne nous emballons pas ! A Jeudi !* »

« ***Ok ! A jeudi Robert. Bye Take care.*** ». *(Au revoir , Prends soin de toi)*

15

Après avoir raccroché avec Ann, Robert se charge d'effectuer la réservation de sa soeur.

A Grasse, c'est la fin de la journée du dimanche.

Elvira invite Joseph à venir prendre une tasse de thé au jasmin et déguster quelques financiers à la vanille, achetés chez le meilleur patissier de la ville.

La veuve PLYNN

Elle sait qu'il en raffolle.

Alors, pourquoi ne pas utiliser ce qu'il aime pour le rapprocher encore un peu plus d'elle?

Cette fois-ci, Joseph n'a pas eu recours à un taxi pour se rendre à la villa.

C'est Elvira en personne qui s'est chargée de cette mission, avec bonheur et délectation.

Sur le chemin en direction de la villa, Elvira profite de chaque arrêt au feu rouge, pour solliciter un bisou.

Joseph est-il dupe de cette manière qu'elle a de se comporter comme la femme follement amoureuse, la femme à chérir, la femme qui saurait réveiller les ardeurs endormies?

Rien n'est sûr. Il apprécie l'instant présent sans trop se poser de question.

Il n'a pas perdu de vue que leur rencontre date de la veille, et que même dans l'hypothèse d'un coup de foudre qualifié de "foudroyant", le comportement de sa nouvelle amie et néanmoins maîtresse de fraîche date, ne doit pas lui faire perdre pied et oublier l'essentiel : il ne sait pas grand chose de cette femme qui est la tentation incarnée.

Arrivés à la villa, ils s'installent sur la terrasse côté jardin.

Endroit très agréable dans lequel les effluves d'une multitude de parfums floraux rivalisent de puissance pour s'imposer.

Elvira s'absente un court instant.

Joseph profite pour faire un tour dans les allées du jardin.

Les fleurs sont réellement magnifiques.

Le thé est servi.

Les financiers à la vanille également.

Joseph revient s'installer auprès de son hôtesse.

La bonne humeur de la veille semble avoir

103   La veuve PLYNN

disparu.

Elvira ressent une certaine tension chez lui et s'en inquiète ouvertement.

Elle ne comprend pas.

Qu'est-ce qui a pu changer entre ce matin et cet après-midi ?

En le déposant, tout semblait normal.

Qu'est ce qui a cloché ?

« **Darling, what's wrong ?** » *(chéri, qu'est ce qui ne va pas?)* demande Elvira.

Elle veut en avoir le cœur net. Elle ne veut pas perdre tout le bénéfice de son investissement. Elle a payé de sa personne, et elle ne veut pas arriver à la conclusion qu'elle ait fait tout cela pour rien.

Après quelques instants de silence, Joseph décide de parler.

« **Well ! Elvira, Through this unexpected**

encounter, I've become convinced that, something has changed in my life. I felt happy and fulfilled at the same time. I also was surprised of the turn that took place in my life. My happiness would be complete if, I knew who I have in front of me. So, for the last time, may I know who you are ? »

(Bien ! Elvira, à travers cette rencontre inattendue, j'ai acquis la conviction que quelque chose a changé dans ma vie. Je me suis senti heureux et comblé à la fois. J'ai égalent été surpris par le virage qui s'est opéré dans ma vie. Mon bonheur serait complet si je savais qui j'ai en face de moi. Donc, pour la dernière fois, puis-je savoir qui vous êtes ?)

Joseph ne boude pas son plaisir d'avoir repris le leadership dans cette relation dans laquelle tout lui échappe depuis le début.

Elvira esquisse un sourire.

Elle prend la main de Joseph et la pose sur ses cuisses. Elle lui demande :

« *What do you want to know about me ?* »
(Que voulez-vous savoir à mon sujet?).

« *My children will visit me soon. I would*

have liked to introduce you. But, I can't do it if I do not know who you are. Do you understand what I mean ? »

(Mes enfants me rendront visite bientôt. J'aurais aimé vous présenter. Mais je ;ne peux le faire si je ne sais pas qui vous êtes. Comprenez-vous ce que je veux dire ?)

« *Please Joseph, tell me exactly what you want to know. … I, if I were to introduce you, I would simply say : may I introduce Joseph to you . … What's simpler ?* »

(S'il vous plaît Joseph, dites moi exactement ce que vous voulez savoir. Moi, si je devais vous présenter à mes amis, je dirais tout simplement : je te présente Joseph ! Quoi de plus simple ?)

« *Ok ! … For example, what is your marital name ?* » *(Par exemple, quel est votre nom d'épouse ?)*

Elvira change de visage.

Elle boit une tasse de thé, puis se redresse et lance :

« *WALKER ! … Next !* » *(Walker ! Ensuite !)*

Joseph remarque son agacement.

« Elvira, this not an inquisition . Relax ! ... Just tell me something about you, allowing me to know you a bit more .... But if you do not want to talk to me about your former life, it's ok. I fully understand your modesty. Maybe, you will open yourself to me later. »

(Elvira, ceci n'est pas une inquisition, détendez-vous! ... Dites moi simplement quelque chose sur vous, me permettant de vous connaître un peu plus ... Mais si vous ne désirez pas parler de votre ancienne vie, c'est pas grave. Je comprends complètement votre pudeur. Peut-être, vous vous confierai plus tard.)

« Thank you Joseph! Tell me darling when will your children come ? » *(Merci Joseph ! Dites-moi chéri, quand vont-ils venir vos enfants ?)*

« On next friday » *(Vendredi prochain).*

« You mean at the end of the next week ? » *(Vous voulez dire à la fin de la semaine prochaine)*

« Yes I do ! Why ? » *(Oui ! ... Pourquoi ?)* interroge Joseph.

« Do you think they will accept an invitation to dinner here ? ... It would be an opportunity to meet them. No ?»

(Pensez-vous qu'ils accepteront mon invitation à venir dîner chez moi ? ... Cela pourrait être l'occasion de faire leur connaissance. Vous ne pensez pas?)

« Certainly ! » *(certainement).*

16

Deuxième nuit à la villa.

Les habitudes s'installent.
La fatigue s'affiche sur les visages.
Les traits sont tirés.
Les nuits sont terriblement agitées.
La sieste devient une urgence vitale.

Malgré tout, Joseph se sent revivre. Il se sent

La veuve PLYNN

revigoré par on ne sait quel miracle.

Il est capable de tenir la cadence imposée par son amante, lui qui n'a jamais brillé de ce côté là.

Il répond autant de fois qu'il est nécessaire aux assauts de celle qui est en train de chambouler son existence. Et il aime ça. Il se sent flatté dans son orgueil de mâle.

A chacune de ses sollicitations, il répond présent. Parfois, il devance même l'appel.

D'autre part, il se découvre des qualités d'homme affectueux, tendre et attentionné, lui qui semble froid et distant, lui qui n'a jamais su se montrer tendre avec son entourage.

Ce portrait qu'il se fait de lui-même, ne lui correspond pas. Il ne se reconnaît pas dans ce tableau idyllique qui le dépeint dans son nouveau cadre de vie depuis deux jours.

Ce qui est le plus surprenant pour lui, c'est qu'avec son âge avancé, auquel s'ajoutent les effets secondaires de son traitement contre l'hypertension, tout devrait concourir à limiter ses prouesses nocturnes.

Mais, c'est le contraire qui se produit.

Est-ce l'effet de la « nouveauté » ou celui de la tisane aromatisée à la cannelle, préparée tous les soirs par Elvira ?

Cette tasse de tisane qui l'attend sur sa table de chevet, cette potion à laquelle Elvira tient beaucoup, en veillant à ce qu'elle soit consommée jusqu'à la dernière goutte avant de se mettre au lit.

En cette matinée du lundi, Elvira effectue quelques emplettes pour Joseph : pantoufles, rasoir, crème à raser, brosse à dent, dentifrice, peigne, un assortiment de chemises, quelques caleçons de rechange, …. .

Elle revient à la villa, les bras chargés de paquets : le strict nécessaire comme elle dit, pour le confort de son amant chez elle, et surtout, pour que ce dernier ne soit plus obligé de rentrer à la propriété au petit matin.

Joseph observe tout ceci d'un air amusé.

Il sait qu'il doit rentrer dans quelques semaines à la maison, à Chantilly. Elvira le sait également. Mais, tout en le sachant, elle se permet tout de même de lui constituer un trousseau.

A ce trousseau, s'ajoute en haut de la pile, un jeu de clés pour entrer et circuler librement dans la villa.

Qu'est-ce que cela veut dire ? Quelle est la raison pour laquelle elle agit ainsi ?

Joseph qui est un esprit brillant, devine les intentions de sa toute nouvelle amie.

Il commence à entrevoir les conséquences de toute cette agitation autour de sa modeste personne .

Si d'aventure, il accepte ce trousseau, cela équivaudrait indéniablement à donner un signal d'encouragement fort aux efforts déployés par Elvira pour capter son attention, un signe d'espoir pour l'avenir.

Or, il ne sait pas ce qu'il veut.

A vrai dire, il ne sent pas prêt à franchir le pas, même si rien ne l'empêche de le faire.

Mais, comment mettre un terme à cet amour né il y a à peine deux jours ?

Comment se priver de toutes ces attentions qui font de lui, l'homme le plus heureux et le plus important de la terre ?

Comment abandonner cette cuisinière hors pair qui le régale de mille et un délices à l'heure bénie des repas ?

Comment lutter contre une femme qui veut passer en force, lutter contre elle qui le veut à elle toute seule, y compris au petit matin ?

Comment tenir tête à elle qui veut tout partager avec lui et non pas seulement les moments d'intimité dans le secret de la chambre à coucher ?.

Pour l'instant, il n'a pas l'ombre d'un début de réponse à son questionnement.

Par contre, il est ému par toute cette sollicitude.

Il est impressionné par ces manifestations qui cachent assurément quelques intentions mal dissimulées par une femme qui semble l'aimer d'un amour fou et qui veut qu'il le sache.

Alors, pour l'instant, il décide de se laisser gagner par cette folie des sens, jusqu'à l'arrivée des enfants. Après, il avisera.

En l'espace de deux jours, l'impensable est en train de se réaliser.

Joseph se met à rêver d'une vie à deux.

Mais, il ne le montre pas.

Il demeure sur ses gardes afin de ne pas se dévoiler, du moins pas pour l'instant.

17

Dans le Kentucky, sur l'insistance de son fiancé, Ann finit par lui expliquer les vraies raisons de son déplacement en Europe.

Elle ne voulait pas lui dire ce qui se passe, par pudeur, afin de préserver la vie privée de son père qui ne doit pas être étalée sur la place publique.

De plus, jusque là, elle, ses frère et sœur, sont réduits à des conjectures sur les intentions réelles de leur père.

Ils se fondent sur une impression, voire sur une intuition, sur la base d'une invitation à se rendre dans le sud de la France.

C'est tout . Rien de plus.

A partir de cette simple intuition, les choses se sont emballées à toute vitesse.

Intuition avérée ou inexacte, le moment de vérité n'est plus loin : en fin de semaine, tout sera plus clair.

Et pour que son fiancé ne se sente pas exclu du cercle familial, elle a fini par lui raconter toute l'affaire.

Jerry trouve exagéré tout ce remue-ménage pour si peu. Mais se garde bien de donner raison à son futur beau-père dans son éventuel désir de refaire sa vie.

Il sait qu' une telle prise de position de sa

part, mettrait à mal ses fiançailles avec sa douce Ann dont l'attachement à sa mère, n'est pas une simple vue de l'esprit.

Conformément aux conclusions de la discussion qu'elle a eue avec Robert, et à cette fin, Ann prépare frénétiquement son retour en France.

Elle part pour trois semaines.

Elle voudrait profiter de son séjour pour organiser la dispersion des affaires de sa mère, organisation dont personne ne veut s'en charger.

Les trois semaines risquent de ne pas suffire, surtout, s'il faut en plus préparer le remariage de son père !

« *I'd rather break my leg !* » *(je préfère me casser une jambe !)* se dit-elle en jetant du sel par dessus les épaules pour conjurer le mauvais sort.

En attendant, elle passe des commandes urgentes tous azimuts afin de constituer des provisions de pâtisserie et d'autres victuailles « made in Kentucky » (dont certains ingrédients pour préparer le Hot Brown, ce fameux sandwich dont ils raffolent tous) pour la famille et pour quelques rares amis américains installés en France, à Paris ou dans sa région.

Deux jours avant son départ, Ann décide de se rendre dans le parc national de Mammoth Cave, près du séquoia géant.

Elle s'assoit à même le sol en s'adosant au séquoia géant.

Elle reste silencieuse.

Elle est là, juste pour rappeler à sa mère, qu'elle sera toujours de son côté, même si son père décide de refaire sa vie.

Elle profite de l'occasion pour lui annoncer son début de grossesse et lui confier son grand secret.

Elle est la première à le savoir.

Sur une note plus légère, elle lui confit qu'elle passe de longues heures devant le miroir à observer l'arrondi de son ventre. Mais rien ne se voit encore.

Elle n'est pas pressée que cela se voit.

Elle ne sait pas comment l'annoncer à Jerry.

Elle vise le bon moment pour lui annoncer ce qu'elle a sur le cœur. Elle attend qu'il termine ce projet important sur lequel il travaille actuellement, et qui lui cause beaucoup de stress.

Elle lui promet de « régulariser » la situation dès que possible.

Elle n'a pas oublié combien Barbara était très pointilleuse sur les conventions sociales.

Elle lui promet que tout se passera bien, et qu'à la naissance de sa petite-fille ou petit-fils, elle l'amènera sur ce lieu lui dire bonjour.

18

Jeudi.

Paris, Aéroport Roissy Charles de Gaulle.

L'avion d'Ann PLYNN vient de se poser.

Débarquement des passagers.

Robert et Shirley attendent leur sœur à la

sortie.

Pas trop de deux personnes pour récupérer les excédents de bagages.

Embrassades, effusion de joie, bonheur de se retrouver.

Direction Chantilly.

Arrivée à Chantilly.

Grosse émotion : Une absente : Barbara.

Direction la chambre de Barbara.

Les affaires sont restées en l'état comme au dernier jour.

Des larmes, encore des larmes.

Grande tristesse, comme si c'était hier.

Ann regagne sa chambre, défait ses bagages et prend un bain.

Légère collation, puis au dodo. Il faut

éliminer le décalage horaire afin de supporter le voyage dans le sud de la France dès le lendemain.

A Grasse, Joseph continue la belle vie à la villa aux côtés d'Elvira.

La tisane à la cannelle est préparée et servie tous les soirs comme d'habitude.

Les nuits se succèdent et se ressemblent.

Les siestes sont de plus en plus longues.

Question de survie.

Il a eu tout le temps nécessaire pour faire le point sur l'état de ses sentiments vis à vis d'Elvira.

Il n'a jamais soupçonné que la vie peut être aussi agréable que celle qu'il est en train de vivre.

Il s'est longuement interrogé.

Il est parvenu à la conclusion selon laquelle,

cela ne lui déplairait pas de faire un bout de chemin avec elle.

Il ne regrette pas les années passées avec Barbara, même si leur relation n'a été qu'un mélange de puritanisme et de règles conventionnelles, sans grand relief, sans fantaisie.

Il ne regrette pas non plus, les trois beaux enfants que Barbara lui a donnés et qui sont sa fierté, même si sa dernière a choisi un mode de vie que la bonne vieille société américaine réprouverait et condamnerait.

Qu'importe !

Elle est heureuse et c'est le principal.

Vendredi en début d'après-midi.

Aéroport de Cannes Mandelieu.

L'avion en provenance de Paris, vient de se poser.

Débarquement des passagers.

A la sortie, Joseph attend ses deux enfants Robert et Shirley.

A ses côtés, Elvira vêtue d'un tailleur strict bleu azur, cheveux attachés en queue de cheval, portant des escarpins vernis noirs.

Elle est nerveuse. Joseph la rassure.

La porte de la salle de débarquement s'ouvre enfin, laissant s'échapper un flot de passagers.

Soudain, Joseph aperçoit Ann accompagnée de Robert et de Shirley.

Il est déstabilisé et se demande ce qui se passe.

Il n'a pas la berlue.

Ann est bien là, devant lui.

Que vient-elle faire ? Pourquoi est-elle là ?

Ils ont tous les trois le visage fermé.

Ils avancent vers leur père d'un pas décisif.

Shirley se précipite la première, et se jette dans les bras de son père.

« ***Hello Dad !*** » *(Bonjour Papa)*.

Tout en serrant sa fille dans les bras, Joseph ne quitte pas des yeux le visage d'Ann qui le fixe également.

Il l'interroge du regard.

Il veut savoir pourquoi elle est là.

Il n'arrive pas à expliquer l'expression du visage de sa fille aînée qui n'arbore aucun sourire.

Il connaît trop bien cette expression qui peut annoncer un gros orage.

Il sait (pour avoir vécu à ses côtés pendant toutes ces années), que sa fille peut être particulièrement intraitable et manquer singulièrement de souplesse.

Ann est une personne frontale.

Alors, méfiance !

Après avoir embrassé sa fille Shirley, Joseph, serre la main de Robert et se rapproche de sa fille Ann en dernier.

« *What a nice surprise !* » (*quelle belle surprise!*) dit-il hypocritement.

« *Hello Dad !* » dit-elle sèchement.

« *Hello Ann ! How are you ? ... What happens ? ... Why are you here ? ... Something happened there ? ... Tell me !*» (*Bonjour Ann ! Comment vas-tu ? ... Que se passe-t-il ? ... Pourquoi es-tu ici ? ... Quelque chose s'est-il passé là-bas ? ... Dis-moi!*) ajoute-t-il, le visage inquiet et la voix chevrotante.

Joseph n'est pas au bout de sa surprise.

« *Who is this lady beside you ?* » (*Qui est cette dame à côté de toi?*) demande-t-elle d'un ton sec en fixant Elvira.

« *Is it true that you decided to replace mom ?* » (*Est-il vrai que tu as décidé de remplacer maman?*) ajoute-t-elle sur sa lancée.

Joseph est sans voix. Il a la gorge sèche.Il a chaud. Ses jambes flagellent.

Avant même que Joseph réussisse à formuler une réponse acceptable pour contrer la charge de sa fille Ann, dans un anglais sans accent, Elvira fait son entrée dans l'arène.

Elle fixe Ann droit dans les yeux et d'une voix sèche :

« *My name is Elvira Walker. … I'm a friend of your Dad. … I do not pretend to replace your mom. … I accompanied your father to the airport to welcome you and to convey you. … What else do you want to know about me ?* » *(Je m'appelle Elvira Walker. … Je suis une amie de votre papa. … Je n'ai pas la prétention de remplacer votre maman. … J'ai accompagné votre père à l'aéroport pour vous accueillir et vous véhiculer. … Que voulez-vous savoir d'autre?)*

 « *As long as you are not Dad's girlfriend , it's ok !* » *(Tant que vous n'êtes pas la petite amie de papa, ça me convient !)* répond Ann du tac au tac

La situation tourne au vinaigre.

Robert intervient.

« ***Hello Elvira ! Nice to meet you ! ...
Thanks for coming to welcome us.*** »
*(Bonjour Elvira ! Enchanté ! Je vous remercie de
vous être déplacée pour nous accueillir.)*

19

Après cette prise de contact houleuse et tout à fait inattendue, tous finissent par monter dans le véhicule d'Elvira.

Elle parcourt les 15 kilomètres qui séparent Cannes de Grasse, en un minimum de temps.

Arrivés à la propriété, tout le monde descend . Elvira continue son chemin vers la villa, laissant Joseph affronter ses enfants.

Saura-t-il se montrer à la hauteur et préserver leur amour naissant ?

La partie n'est pas gagnée.

Elle doit trouver le moyen de poursuivre son projet.

Qu'importe le moyen.

Tout son investissement en temps et en don de sa personne, ne peut passer en pertes et profits.

En un temps record, elle a su capter l'attention de Joseph.

Elle a su le transformer en un amant exceptionnel.

Elle a su lui montrer une autre facette de la vie.

Elle a réussi à le rendre accro au sexe. Et ça, ce n'est pas le moindre de ses mérites, même si elle a eu recours à son petit secret pour y parvenir.

Ce qui s'est passé à l'aéroport, est révélateur de ce qui l'attend, si ses intentions vis à vis de Joseph devraient se concrétiser dans un avenir proche.

Cela lui a permis d'identifier « l'ennemi » à abattre.

« L'ennemi » à abattre porte un nom : Ann !

Elle ne perd rien pour attendre, se dit-elle.

Parallèlement, son meilleur atout, c'est Robert : plus rond, plus diplomate.

Shirley, c'est la quantité négligeable : rien à craindre d'elle. Elle n'en fera qu'une bouchée.

Elvira a très peu de temps pour trouver la bonne stratégie avant la fin du week-end, si elle ne veut pas que Joseph lui échappe définitivement à la fin de son séjour à Grasse.

A la propriété, Joseph affronte ses enfants.

Cette explication qu'il redoute tant, est au cœur de cet après-midi qui a mal commencé à l'aéroport de Cannes.

Il leur doit une explication concernant la présence d'Elvira à ses côtés.

Alors, méthodiquement, très calmement, il se met à rappeler aux uns et aux autres, sa loyauté vis à vis de la mémoire de sa défunte épouse qu'il a aimée d'un amour sincère.

Pour lui, il n'est pas question de prendre une nouvelle femme pour remplacer sa défunte épouse.

S'il parvient à cette extrémité, c'est tout d'abord, pour remplir un vide et non pas pour suppléer une personne absente.

Ce n'est pas une décision facile à assumer, précise-t-il.

Il comprend leurs inquiétudes autant qu'il redoute leur colère.

Il leur demande à son tour de le comprendre

et d'accepter Elvira ou toute autre personne qu'il aura librement choisie à ses côtés, pour adoucir sa seconde partie de vie.

La vie est courte, leur dit-il.

Aucune réaction des enfants.

Il scrute leurs visages, l'un après l'autre.

Il veut déceler un signe, même le plus infime lui indiquant un début d'approbation.

Aucune réaction.

Tous le regardent fixement dans les yeux.

Il se sent accablé.

Il se sent perdu.

Il est en train de perdre ses enfants.

Que faire ?

Quel autre argument pourrait faire pencher la balance en sa faveur ?

Rien ne lui vient à l'esprit.

Quelques instants plus tard, pour faire diversion et desserrer la pression, il leur fait part de l'intention d'Elvira de les inviter à déjeuner chez elle le samedi midi.

Ann décline l'invitation aussi sec.

« *Rather die !* » *(Plutôt crever !)* dite-elle en colère.

« *Does she think, she can buy us by inviting us to eat ? Who does she take us for ?* » *(Croit-elle qu'elle peut nous acheter en nous invitant à manger Pour qui elle nous prend ?)* ajoute-t-elle.

Robert et Shirley restent silencieux et continuent de fixer les yeux de ce père visiblement en perdition.

Ann ne décolère pas devant ce qu'elle considère comme une trahison.

Elle ne sait pas si elle doit en vouloir à son père ou bien, à cette bonne femme qui essaie de lui mettre le grappin dessus.

Dans tous les cas, elle est réfractaire à la venue de cette inconnue au sein de la famille, quitte à ne plus remettre les pieds en France, tant que cette union en devenir, serai une réalité.

20

A la villa, Elvira est en ébullition.

Elle parcourt son salon de long en large.

Elle cherche frénétiquement ce qui pourrait lui permettre de renverser la situation en sa faveur.

Elle ignore comment évolue la situation à la propriété.

Elle ne supporte pas d'être sans nouvelle.

Est-ce que Ann, ses frère et sœur ont-ils réussi à ramener leur père à la raison ?

Va-t-elle revoir Joseph ?

Joseph s'est-il rangé du côté de sa famille ?

L'a-t-elle perdu définitivement ?

Elle est au bord de la crise de nerf.

Elle prend la décision d'en avoir le cœur net.

Elle décroche son téléphone et appelle Joseph.

Pas de réponse.

Elle recompose le numéro.

Toujours pas de réponse.

Elle devient folle.

Elle saisit son sac à main et se précipite hors

de la villa.

Elle grimpe dans son véhicule.

Elle démarre en trombe.

Direction la propriété.

Elle roule comme une folle.

La propriété est en vue.

Elle stationne à deux rues de la propriété..

Elle descend de son véhicule. Elle parcourt les derniers mètres à pieds.

La voilà devant l'entrée principale.

Elle sonne d"un coup sec. Une seconde après, elle sonne une nouvelle fois.

A l'interphone, elle entend la voix de Joseph.

« *It's me !* » *(c'est moi!)* dit-elle le souffle coupé.

« *I would like to see you. … Please !* » *(je voudrais te voir, s'il vous plaît!)* ajoute-t-elle d'une voix chevrotante.

Quelques instants plus tard, la porte s'ouvre.

Elvira voit apparaître dans l'embrasure de la porte, un homme dont le visage accuse le coup.

Joseph semble avoir pris dix ans d'un coup.

C'est un homme malheureux mais heureux de voir un visage ami au milieu du naufrage.

« *Oh Joseph … My poor darling ... It's entirely my fault about everthing that happens to you in this moment with your children. … I feel guilty of engaging you into this story ! … Please forgive me darling. ... I do not know what I can do to change all this … Joseph, if you want us to stop, just feel free to tell me, and I will let you go.* » *(Oh Joseph … mon pauvre chéri ... c'est entièrement de ma faute ce qui vous arrive en ce moment avec vos enfants … Je me sens coupable de vous avoir entraîné dans cette histoire …. Pardonnez moi chéri … Je ne sais pas quoi faire pour changer*

tout ceci ... Joseph, si vous voulez qu'on arrête,
n'hésitez pas à me le dire , et je vous laisserai partir.)

Elvira ne peut s'empêcher d'essuyer une larme. Elle semble très affectée.

Elle joue son va-tout.

Ça marche !

Joseph ne supporte pas de la voir en larmes.

Il la prend dans ses bras pour la réconforter.

Dans ses bras elle se sent si près et si loin du bonheur.

Lui **:** il se trouve à la croisée des chemins.

Le choix qu'il doit faire, dans un sens comme dans un autre, ne le satisfait pas du tout.

Choisir ses enfants au détriment d'Elvira et dire adieu à la tasse de tisane du soir et tout ce qui suit , ou rester avec Elvira et laisser partir ses enfants, la mort dans l'âme.

Pourquoi la vie est-elle si cruelle ? Se dit-il.

Et pourquoi les choses devraient être dans un sens ou dans un autre, sans jamais laisser la possibilité d'agir en toute quiétude, en toute liberté, sans se coltiner les conséquences des choix qui sont faits ?

En l'espèce, Joseph, majeur et vacciné, devrait pouvoir diriger sa vie sans en référer à quiconque.

Mais à la place, il se met dans une position de subordination vis à vis de ses enfants. Ce qui dépasse tout entendement.

Elvira pourrait dire à Joseph : choisissez-moi, et ne vous préoccupez pas de l'état d'âme de vos enfants, sans subir les foudres de Joseph qui verrait poindre son caractère égoïste au milieu de son visage.

Mais dans la vraie vie, rien n'est logique.

C'est un domaine dans lequel Dieu a tout faux, même si pour se débarrasser du problème, il a créé la notion du libre arbitre.

A moins que, à la décharge de ce même Dieu

qui a créé les **H**ommes, cela soit une pure invention de ces hommes (créatures divines) pour se donner bonne conscience ou bien encore, pour poser des interdits et se donner mauvaise conscience.

Ce qui peut s'apparenter au masochisme.

Pourquoi vouloir gagner ce qui nous est donné ?

21

Après un moment passé ensemble dans le jardin de la propriété, Elvira repart chez elle un peu plus rassérénée, même si sa brève entrevue avec son amant ne lui garantit pas la fin de tous leurs ennuis.

Elle a reçu des nouvelles fraîches, et c'est le principal. Elle ne demande pas plus. Du moins, pour l'instant. Elle n'ose pas espérer son amant cette nuit. Mais qui sait ?

De son côté, Joseph retourne dans le chaudron incandescent.

La bataille n'est pas terminée.

Il aurait préféré pénétrer dans la fosse aux lions.

Ann ne décolère toujours pas.

Robert tente une médiation.

C'est presque mission impossible.

Il connaît sa sœur. Il sait également que leur père est dans une situation très inconfortable et humiliante.

C'est pourquoi, il ne doit pas perdre la face.

Ils ne doivent pas lui faire perdre la face.

Il ne le veut pas, parce que Joseph PLYNN est un homme respectable et respecté.

C'est un chef d'entreprise remarquable.

C'est un père attentionné qui mérite le respect.

C'est un époux exceptionnel qui a aimé de tout son cœur, une femme prénommée Barbara.

Sa position est claire : il n'a pas envie d'être aveuglé par le devoir de mémoire auquel Ann semble attacher une importance exagérée (de son point de vue).

Après tout, pourquoi cet homme n'aurait-il pas le droit de faire ce qu'il veut ?

Pourquoi ce père de famille respectable devrait-il subir cet ultime chagrin en se faisant humilier par ses enfants devant la femme avec laquelle il ambitionne de poursuivre la route ?

Il est passablement agacé par l'attitude intransigeante de sa sœur, même si, il la comprend.

Après tout, Barbara, c'est aussi sa mère, et il ne fait pas tout un plat de cette histoire.

Sans le savoir, Elvira est en passe de gagner la partie.

Son atout maître, un certain Robert PLYNN , prend fait et cause pour elle.

Elle ne s'est pas trompée en le considérant comme son atout maître.

Joseph, reprend son souffle.

Un verre de whisky à la main, il s'installe dans un fauteuil.

Son regard trahit une profonde angoisse.

Il mesure la gravité de l'instant.

Il ne veut pas renoncer à l'essentiel.

Il ne veut pas perdre la possibilité de reprendre le cours de sa vie.

Il ne veut pas renoncer à l'expression de la VIE en lui.

Oui mais, comment traduire tous ces concepts

en actions ?

La veuve PLYNN

22

.

A la villa, on sonne au portail.

Elvira se précipite à l'interphone.

Sur l'écran de la camera de surveillance, elle aperçoit Robert et sa sœur Ann.

Grosse surprise.

Son cœur s'emballe.

Elle hésite à actionner l'ouverture du portail.

Finalement, elle actionne l'ouverture du portail.

Après un coup d'œil rapide sur sa tenue et sur sa coiffure, Elvira ouvre la porte du vestibule et apparaît sur la petite terrasse bordée de rosiers en fleurs.

Au même moment, Robert et sa sœur pénètrent dans l'enceinte de la villa d'un pas hésitant.

Elle les invite à entrer à l'intérieur.

Ann décline l'invitation, préférant rester dans le jardin.

Alors, Elvira choisit de les recevoir sur la terrasse.

Elle les invite à s'installer.

Elle leur propose un rafraîchissement.

Ann décline l'offre.

Robert accepte un verre d'orangeade .

Elvira s'exécute. Elle disparaît à l'intérieur, et revient avec un plateau sur lequel il y a trois verres et une carafe d'orangeade.

Elle fait le service.

Malgré le refus d'Ann, elle remplit également le verre posé devant elle.

Robert décide de prendre la parole, en français. Et sur un ton très protocolaire :

« *Je vous remercie d'avoir accepté de nous recevoir sans rende-vous.*
Nous ne voulons pas que notre visite à Grasse soit une source chagrin pour notre père. Il a assez souffert depuis le décès de notre mère.
Alors, en accord avec ma sœur, j'ai pris la liberté de venir vous voir pour clarifier deux ou trois points, si vous le voulez bien. »

« *Que voulez-vous savoir ?* » lance froidement Elvira.

Ann entre dans la bataille.

« *Quelles sont vos intentions vis à vis de mon père ?* » dit-elle.

« *Que voulez-vous dire ?* » réplique Elvira qui veut se donner du temps avant de répondre à cette question.

« *Avez-vous l'intention de profiter des largesse de mon père ?* » dit Ann sans prendre de gant.

« *Profiter des largesses de votre père ?* » s'étonne Elvira.

« *Oui !* » insiste Ann.

Elvira esquisse un sourire avant d'ajouter :

« *A supposer que votre père et moi, nous décidons de nous unir, croyez-vous que cela puisse se faire sans contrat de mariage ? … Si vous et votre frère êtes venus m'insulter , alors je ne vous retiens pas.* »

Robert tente une nouvelle fois de calmer les

esprits.

« *Ma sœur souhaite juste savoir si ce qui se passe entre notre père et vous peut être qualifié de relation sérieuse … Et que vous n'allez pas lui briser le cœur une nouvelle fois. C'est tout.* »

« *Ce qui se passe entre votre père et moi, relève de tout ce qui peut se passer entre deux adultes consentants. … Au nom de quoi, pouvez-vous venir vous immiscer dans cette histoire et vouloir tout régenter ? … Je n'ai que faire de la fortune de votre père. ... Cette villa dans laquelle vous venez me faire la leçon, m'appartient. …. Je ne suis pas dans la dèche, si c'est ce que vous croyez. Bien au contraire. Je ne suis pas une aventurière qui court après les veufs fortunés.*
… J'ai largement de quoi me permettre de finir tranquillement mes jours sur cette terre sans jamais retourner travailler . … Alors si vous voulez empêcher votre père de me revoir, faites le et laissez-moi tranquille! Dans le cas contraire, vous êtes attendus ici, demain midi pour déjeuner avec votre père.

152   La veuve PLYNN

Un dernier point : J'aime profondément votre père. » conclut Elvira, le verbe haut.

23

Après la longue tirade d'Elvira, Robert et sa sœur repartent de la villa avec le sentiment du devoir accompli, même s'il subsiste dans leur esprit, un doute raisonnable concernant la probité de la maîtresse de leur père.

Ann tente d'enterrer la hache de guerre. Elle veut faire la paix avec son père après son esclandre à l'aéroport de Cannes.

Joseph a du mal à accepter les excuses de sa fille.

Il ne digère pas ce qui s'est passé.

Il se demande comment et par qui, Ann a pu être informée de cette liaison et pourquoi, elle s'est sentie obligée d'effectuer le déplacement depuis le Kentucky.

Il ne comprend pas.

Il ne croit pas aux pouvoirs paranormaux, du genre, Barbara empruntant le corps de sa fille pour venir lui faire une scène.

Il ne peut nier cette réalité, même s'il ne peut l'expliquer.

Il interroge longuement Robert, mais en vain.

Alors, il décide d'amener ses enfants dîner dans un restaurant en ville.

Il aurait aimé avoir Elvira à ses côtés, mais la paix qui règne entre ses enfants et lui, semble encore fragile.

La soirée se passe bien.

Joseph est resté presque silencieux tout au long du repas.

Même les dernières nouvelles en provenance du Kentucky, rapportées et commentées par Ann, ne suscitent aucune réaction de sa part.

Il est devenu imperméable à tout ce qui l'environne.

Joseph est blessé.

Tel un animal blessé, il a besoin de se cacher au fond de sa grotte, pour lécher très longuement sa blessure avant d'amorcer un retour à une vie normale.

Par ailleurs, un ressort est cassé.

Ce ressort que l'on désigne par le vocable d'amour filial et pour lequel, il n'existe aucun service après vente, n'est pas fait pour arranger la situation.

Comment en vouloir à sa fille Ann qui veut

La veuve PLYNN

défendre sa mère au nom du devoir de mémoire ?

Il essaie de trouver la réponse au fond des verres de vin blanc qui se sont accumulés devant lui tout au long du repas.

Le repas se termine enfin. Il est tard.

Ils prennent un taxi.

Robert chuchote quelque chose à l'oreille du chauffeur.

Le taxi démarre.

Un instant plus tard, il s'arrête devant la villa.

Robert aide son père à descendre du taxi et va sonner à la villa.

La lumière s'allume sur la petite terrasse.

La porte s'ouvre.

Elvira, en déshabillé fleuri, apparaît dans l'embrasure de la porte. Elle déclenche l'ouverture du portail.

Robert accompagne son père dans l'enceinte de la villa.

Elvira n'a pas l'air surprise.

Elle s'avance pour accueillir son Joseph.

Robert, très laconiquement :

« *A demain , midi trente !* »

« *Merci Robert !* » répond Elvira.

Robert pose la main sur l'épaule de son père, exerce une légère pression et repart en direction du taxi.

Elvira et Joseph pénètrent dans la villa.

La lumière s'éteint sur la petite terrasse.

Le taxi redémarre.

Elvira fait couler un bain. Elle invite Joseph à prendre son bain.

Joseph s'exécute.

Pendant ce temps, elle s'affaire à la cuisine.

Quelques instants plus tard, la tasse de tisane à la cannelle attend Joseph (comme d'habitude) sur sa table de chevet.

La journée qui a mal commencé, semble bien se terminer.

Joseph, tel un automate, regagne la chambre à coucher, avale le contenu de la tasse et se met au lit.

Elvira, s'installe sur le tabouret capitonné de sa coiffeuse, et l'observe pendant un long moment.

Elle savoure sa victoire.

Ceci n'est que la première étape de son plan.

Elle n'a pas oublié l'affront que Ann lui a infligé à l'aéroport.

24

Samedi matin à la villa.

Réveil en douceur.

La nuit a été calme. Joseph a besoin de dormir pour récupérer de toutes ces nuits sans réel repos.

La veuve PLYNN

De son côté, Elvira a somnolé une bonne partie de la nuit, tout en gardant un œil vigilant sur sa prise de guerre.

Le temps d'une douche, suivi d'un petit déjeuner frugal et les voilà occupés tous les deux à préparer la réception des enfants de Joseph.

La matinée sera courte : le marché, l'épicerie fine, la mise en œuvre à la cuisine, la mise en beauté d'Elvira, … .

Tout se déroule à pas de charge.

Elvira veut que tout soit parfait.

Elle n'aime pas être en retard.

Elle doit être parfaite même si, Joseph n'est plus à prendre.

Elle met un point d'honneur à prendre la famille toute entière. Elle ne doit pas s'arrêter en si bon chemin.

La séduction doit continuer quels que soient

les antagonismes.

Joseph a trois enfants.

Pour l'instant, elle n'a qu'un seul des trois dans son filet. Cette prise n'est pas celle qu'elle aurait souhaitée avoir. Mais c'est un bon début, même si pour elle, c'est un résultat nettement insuffisant, presque décevant. Elle peut mieux faire. Elle le sait.

L'heure avance.

A la cuisine, tout est sous contrôle.

Elvira ne parle pas. Elle est très concentrée.

Tel un chef, elle passe d'une action à une autre avec une fluidité déconcertante, (le moment n'étant plus à la réflexion), sous-traitant parfois son commis cuisinier pour certaines tâches, comme remuer la spatule pour que le contenu de la casserole n'attache pas.

Lourde responsabilité en effet.

Joseph s'exécute sans broncher. Il s'applique.

Il observe la maîtrise de cette femme qui l'impressionne de plus en plus. Elle sait tout faire.

Il découvre le monde de la cuisine. Il met un nom sur chaque action.

Il découvre des odeurs nouvelles.

Elvira est un livre de recettes sur pattes. Elle est capable de citer de tête, tout ce qu'il faut pour confectionner tel ou tel plat.

De temps en temps, elle s'arrête : elle vérifie l'évolution des cuissons.

Joseph peut ainsi voir si tout va bien, rien qu'en scrutant son visage.

Lorsque Elvira porte la cuillère trempée dans les sucs aux lèvres à deux reprises et qu'elle lève les yeux au ciel, elle s'assure ainsi que l'alchimie des mélanges des saveurs et des parfums, est en train de s'accomplir.

En élève studieux, Joseph note tous ces détails. On ne sait jamais, cela peut lui être utile un jour prochain.

Mais pour l'heure, il est incapable de poser un nom sur les plats concoctés par Elvira. Il doit attendre de voir l'étape finale (une fois les plats dressés) pour se faire une idée.

12 h 45.

Côté cuisine, tout semble toujours sous contrôle.

Alors, Elvira disparaît dans sa chambre et réapparaît quelques instants plus tard.

De la cuisinière en tablier blanc, professant l'art culinaire avec talent, à la créature richement habillée, apparue au milieu du salon, parfumée de fragrances hors de prix, les cheveux relâchés et flottant par-dessus les épaules, Joseph reconnaît à peine Elvira, la femme pour laquelle son cœur bat désormais.

Entre la chef d'orchestre (avec laquelle il a coopéré toute la matinée au marché, à l'épicerie fine, à la cuisine), et la maîtresse, (l'hôtesse, la rivale supposée, étincelante, lumineuse, radieuse, magnifique, séduisante), Joseph perd son latin.

La métamorphose est totale.

Le résultat dépasse tout ce qu'il peut imaginer.

Elle est magnifique, un vrai enchantement pour les yeux.

Mais cette métamorphose n'est qu'un moyen parmi d'autres pour parvenir à ses fins.

Elvira a en tête l'objectif de la journée : rallier la famille de Joseph au grand complet, Ann incluse, même si la défunte Barbara est à la manœuvre (comme diront certains).

13 heures précises.

On sonne au portail.

Depuis l'intérieur de la villa, Elvira actionne l'ouverture du portail.

Elle sort sur la petite terrasse. Joseph lui emboîte le pas. Elle se fige. Elle n'en croit pas ses yeux : seuls Robert et Shirley sont présents.

Elle conserve malgré tout le sourire et avance pour les accueillir.

Elle les invite à entrer.

Elle demande à Joseph de servir l'apéritif et les petits fours.

Elle doit faire une petite course de dernière minute, précise-t-elle.

Aussitôt la porte du vestibule refermée sur Joseph et ses deux enfants, Elvira se précipite dehors, grimpe dans son véhicule et fonce en direction de la propriété.

La voilà arrivée devant le portail de la propriété.

Elle attend un court instant dans son véhicule, le temps que sa colère s'apaise, puis, elle descend très calmement et se rapproche du portail.

Elle sonne d'un coup sec.

Aucune réponse.

Elle sonne une seconde fois.

Quelques secondes plus tard, la porte s'ouvre.

Ann apparaît dans l'embrasure de la porte.

Elle déclenche l'ouverture du portail.

Elvira pénètre dans l'enceinte de la propriété.

Elle s'avance vers Ann qui elle, ne bouge pas.

« *Bonjour Ann* »

 « *Bonjour* »

« *Je suis venue vous chercher* »

« *Vous plaisantez ?* »

« *Non, je ne plaisante pas Ann. … Je suis venue vous chercher. … Allez vous changer . … Je vous attends dans le jardin. D'accord ?*»

Ann ne bronche pas.

Elle la regarde fixement. Elle n'en revient pas de son culot.

Elle commence à s'interroger sur les intentions réelles de cette personne qui veut l'obliger à la suivre à la villa.

« *Donnez-moi une seule raison qui pourrait me faire changer d'avis.* »

Sans réfléchir, Elvira lui lance :

« *Si vous ne venez pas pour moi, faites un geste pour votre père.* »

« *Mon père ?* »

« *Oui, votre père mérite l'attention et l'affection de tous ses enfants, surtout en ce moment.* »

La curiosité d'Ann est à son paroxysme.

Mais elle ne veut pas se montrer ni intéressée, ni inquiétée par les propos de cette femme dont elle doit se méfier avant tout et en toute circonstance.

« *Que voulez-vous dire ?* »

« *Venez, s'il vous plaît ! Demain, je promets de tout vous dire*»

« *Vous me prenez pour une idiote ?* »

« *Non Ann ! Je promets de tout vous révéler demain. Mais ne dites rien à votre père.* »

A présent, elle parle de révélation.

L'inquiétude la gagne petit à petit.

Qu'a-t-elle à révéler de si important ? Et si son père avait réellement un problème de santé qu'il leur cache ? Cela pourrait justifier son comportement de ces derniers temps en décidant de se mettre en ménage avec une autre femme.

« *OK ! Attendez-moi* »

Elvira, savoure sa victoire. Mais sa joie est de courte durée, car aussitôt, Ann ressort et revient à la charge.

« *Mon père est malade ? Je veux une réponse* »

« *Je vous ai promis de tout vous révéler demain. Dépêchez-vous, ils nous attendent à la villa.* »

Ann la fixe pendant un moment, puis retourne à l'intérieur.

Elle réapparaît quelques instants plus tard.

Pendant ce laps de temps au cours duquel Ann se préparait à l'intérieur, Elvira songe à ce qu'elle pourrait bien lui raconter le lendemain sur son père.

Pour l'heure, elle a réussi à lui faire changer d'avis, mais demain, comment tenir une promesse qui repose sur du vent ?

Dans tous les cas, il faut trouver quelque chose, et vite !

25

Vu de l'extérieur, l'insistance d'Elvira à réunir la famille de Joseph au grand complet sous son toit, a de quoi surprendre.

Est-ce la symbolique que représente cette unité autour de Joseph qui importe pour elle, ou bien, l'effet catalyseur provoqué par la présence de ses enfants qui pourrait l'obliger *in fine* à informer très officiellement sa famille de son désir et de sa décision de se mettre en ménage avec la femme qu'il aime ?

Une troisième explication possible : en agissant ainsi, elle veut créer les conditions idéales pour faciliter l'avènement du couple qu'elle ambitionne de former avec Joseph.

Le pari est risqué.

A moins que, sa parfaite connaissance de la psychologie de son amant, lui permet d'envisager une telle évolution au cours de la réception qui a commencé à la villa.

Le retour d'Elvira accompagnée d'Ann a créé un choc.

De plus, échaudée par les insinuations de cette mystérieuse femme qui prétend détenir des révélations, imaginant le pire à propos de sa santé, Ann s'est précipitée dans les bras de son père pour l'embrasser avec une telle ferveur que ce dernier a du mal à s'expliquer.

Robert est heureux de constater qu'entre sa sœur et son père, les tensions ont fini par s'apaiser, même s'il ne comprend pas comment Elvira a réussi ce tour de force.

Shirley observe tout ce petit monde avec son détachement habituel.

Elle est plutôt intéressée par la collection de bibelots dont elle pourrait s'inspirer dans le cadre de son travail d'artiste.

Toujours à l'affût de la moindre occasion pour frapper un grand coup, Elvira se rapproche de Shirley et lui demande de choisir un objet parmi sa collection.

Shirley hésite. Elle n'ose pas.

Instinctivement, son regarde se porte vers sa sœur qui ne manifeste (à priori) aucune objection.

Alors son choix se porte sur une poupée chinoise de grande valeur.

« *Vous êtes sûre que je peux ?* » demande-t-elle.

Elvira reçoit un coup au cœur.

Cette poupée chinoise lui a coûté une fortune lors d'une vente aux enchères.

Mais elle ne peut pas revenir sur son offre. Une promesse est une promesse.

Alors très hypocritement :

« *Oui Shirley ! Cela me fait plaisir de te l'offrir* ».

« *Merci ! Merci beaucoup !* »

C'est le moment de passer à table.

Pas de plan de table.

Elvira s'installe d'autorité entre Joseph et Ann.

Elle propose de former une chaîne en se prenant par les mains et demande à Ann de réciter la bénédicité.

Elle tient fermement la main d'Ann et celle de

son amant.

Elle veut désormais être le lien entre Joseph et sa famille.

Ann étant le maillon essentiel, il lui faut cette image symbolique forte de la fille aînée lui donnant la main pour entériner une situation en devenir.

Elvira n'est pas à une image symbolique près pour frapper les esprit et essayer d'influencer le destin.

Ceci est inscrit dans son ADN.

Moment de recueillement.

Ann hésite à lancer cette prière qui par définition, sert à bénir un repas partagé par des personnes présentes autour d'une table, ayant les mêmes dispositions de cœur et d'esprit, vivant en parfaite harmonie.

Elle se souvient des dernières bénédicités dites par la défunte Barbara, alors qu'elle était à bout de force à la fin de sa vie.

Le cœur serré et d' une voix atone :

« ***Bless us Lord, as well as the food we are going to share. Amen !*** » (*Bénissez nous Seigneur, ainsi que la nourriture que nous allons partager. Amen!)*

C'est la bénédicité la plus courte et la plus neutre qu'elle ait jamais dite de toute sa vie.

De plus, sa main enserrée dans celle d'Elvira, dans cette main « ennemie » qu'elle est contrainte de toucher, crée en elle un sentiment de rejet qu'elle ne peut maîtriser.

C'est au-dessus de ses forces. C'est plus qu'elle ne peut supporter.

A la fin de cette bénédicité très particulière, Ann se dépêche de retirer sa main de celle d'Elvira.

Très discrètement, elle ramène sa main sous la table, et elle l'essuie frénétiquement sur sa jupe.

Cette opération de nettoyage ne lui suffit pas.

Elle s'excuse, et à la surprise générale, se lève et fonce dans la salle de bain.

A grande eau, elle recommence le nettoyage de sa main.

Son aversion pour cette femme est réelle et tenace.

Enfin, elle revient reprendre sa place .

Le déjeuner peut enfin commencer.

L'atmosphère est sereine.

Les plats se succèdent.

Joseph met en application les instructions reçues le matin. Il prend une part active dans l'organisation et le déroulement du service.

Mais aucune déclaration de Joseph.

Elvira s'impatiente.

26

A la fin du déjeuner, Elvira propose le café sur la grande terrasse bordée de rosiers en fleurs.

Avant de rejoindre ses enfants sur la terrasse, Joseph aide à débarrasser la table.

Pendant ce temps, Elvira s'affaire autour de la

La veuve PLYNN

machine à café.

Elle prépare le plateau sur lequel elle dispose les tasses et les mignardises.

Elle semble préoccupée.

Joseph s'en aperçoit.

« ***What's wrong, darling ?*** » *(Qu'est-ce qui ne va pas, chérie?)* demande Joseph.

Elvira laisse éclater sa colère.

« ***Joseph, what am I for you ?*** » *(Joseph je suis quoi pour toi?)*

« ***Why do you ask me this ?*** » *(Pourquoi tu me demande ça?)* s'étonne Joseph.

« ***I wonder what I mean to you. … I have struggled to organize everthing to welcome your family, but you, you pay no attention to me.... Not single emotional gesture during the lunch. … Not a kiss. Nothing ! … What do you believe your children think of me ? … The whore you fuck every night ? … When will you decide to talk to them about***

our relationship ? … As long as you do not tell them clearly, Ann will never be able to respect me. … Do you understand what I mean ? … If you do not intend to talk to them, this is the last time you've set foot in my house. » *(Je me demande ce que je représente pour toi. … Je me suis donné du mal à tout organiser pour accueillir ta famille, mais toi, tu ne m'accordes aucune attention. … Pas un seul geste affectif au cours du repas . … Pas un baiser. Rien ! … Que crois-tu que tes enfants pensent de moi ? … La putain que tu baises tous les soirs ? … Quand vas-tu te décider à leur parler de notre relation ? … Tant que tu ne leur diras pas clairement les choses, Ann ne pourra jamais me respecter. … Tu comprends ce que je veux dire? … Si tu n'as pas l'intention de leur parler de nous, alors, c'est la dernière fois que tu mets les pieds dans ma maison.)*

En l'espace de quelques secondes, Joseph vient de recevoir en plein visage, un florilège des griefs détenus dans le cœur de sa maîtresse.

C'est la première fois qu'il reçoit de façon non dissimulée, une injonction de cette nature.

Tout en rangeant les assiettes et les verres dans le lave-vaisselle, il ne peut s'empêcher de réentendre ces invectives assénées par Elvira quelques instants plus tôt..

Doit-il considérer ces invectives comme l'expression d'un ultimatum qui traduit une impuissance ou bien, comme l'écho de la dernière exigence avant la capitulation ?

Capitulation ?

Elvira a-t-elle un autre choix que de maintenir le statu quo en continuant de servir la tasse de tisane et abriter leur amour coupable dans le secret de sa chambre à coucher, en attendant des jours meilleurs?

Ou en dernier ressort, reconnaître sa défaite et se retirer avec ce qu'il reste de cet honneur dont elle a sacrifié l'essentiel jusqu'à cet instant précis ?

Il s'interroge.

C'est loin le temps où la tasse de tisane est servie avec bienveillance avant le câlin du soir.

Dans tous les cas, il n'est pas dans sa nature de se plier aux injonctions de quiconque.

Pour l'heure, le déjeuner doit se terminer sur une bonne note.

« *I fully understand what you mean* » *(Je comprends tout à fait ce que tu veux dire)* répond Joseph.

« *So, if you understand, it's time to talk to them !!!* » *(Alors, si tu comprends, c'est le moment de leur parler !!!)* dit-elle sur un ton sec ?

Sur ce, Elvira remplit les tasses et demande à Joseph de porter le plateau sur la terrasse.

Elle le suit en arborant son sourire naturel.

Tout va bien !

Rassemblement autour de la table de jardin.

Elvira propose à Joseph de faire le service.

Joseph se lève.

Toujours inquiète de l'état de sa santé, Ann l'oblige à se rasseoir, et se charge de servir le café.

Elvira sert les mignardises.

27

A la fin du service, Joseph demande la parole.

« *May I have your attention please ?* »
(Pourrais-je avoir votre attention s'il vous plaît?)

Elvira esquisse son meilleur sourire.

« *First of all, I would like to thank Elvira for organizing this delicious lunch. Over*

La veuve PLYNN

time, she became more than a friend to me.
What I mean, from now on, I want you to
consider her as part of my life. » *(Tout*
d'abord, je voudrais remercier Elvira pour nous avoir
organisé ce délicieux déjeuner. Au fil du temps, elle est
devenue plus qu'une amie pour moi. Ce que je veux
dire, c'est que désormais, je souhaite que vous puissiez
la considérer comme faisant partie de ma vie.)

Chaque mot prononcé est pesé. Chaque mot entendu est chargé de sens.

Mais Elvira reste sur sa faim.

Joseph n'a pas annoncé leurs fiançailles.

Elle se fiche pas mal de savoir qu'elle est la personne la plus importante de sa vie.

Elle n'a que faire des phrases qui ne veulent rien dire, à ce stade de leur relation.

Ce qu'elle veut, c'est une déclaration la propulsant au grade de la future madame Elvira PLYNN.

Joseph semble ne pas comprendre.

Elle sent la moutarde lui monter au nez.

« *Ah ? I must consider myself as a part of your life ? It's what I need to understand ? Could you please explain to your children what you mean ?* » *(Ah ? Je dois me considérer comme faisant partie de ta vie ? C'est ce que je dois comprendre? (s'il te plaît), Veux-tu expliquer à tes enfants ce que tu veux dire ?)* lance t-elle.

« *Elvira, what do you want me to explain ?* » *(Que veux-tu que j'explique Elvira?)* demande Joseph.

Elvira est exaspérée par cette question qu'elle trouve idiote.

« *The reality of the situation. It would be a good start to tell them that you and me, we share more than an ordinary friendship. No ?* » *(La réalité de la situation. Ce serait déjà un bon début pour leur dire que toi et moi, nous partageons plus qu' une amitié ordinaire. Non?)* dit-elle sur un ton péremptoire.

Joseph n'ose pas la regarder en face.

« *Dad, what does she mean ?* » *(Papa, que*

La veuve PLYNN

veut-elle dire ?) demande Ann qui vient au secours de son père qui semble en perdition.

« *… we enjoy being together.* » *(… que nous apprécions d'être ensemble)* répond Joseph.

« *So what ? What should we understand ?* » *(Et alors ? Que devrons-nous comprendre?)* demande Ann.

« *... we love each other.* » *(Que nous nous aimons.)* répond froidement Elvira.

« *Is that true Daddy ?*) *(C'est vrai papa?)* s'inquiète Ann.

Et avant que Joseph n'eut le temps de répondre, Elvira enfonce le clou :

« *… We love each other and we could decide to join our solitudes.* » *(Nous nous aimons et nous pourrions décider de joindre nos deux solitudes)*

Cette dernière intervention d'Elvira finit de plomber définitivement l'ambiance cordiale difficilement créée par Joseph et sa famille.

Chacun y a mis un peu de sa bonne volonté

pour la réussite de ce déjeuner.

« ***And when is the wedding ?*** » *(Et c'est quand le mariage?)* demande ironiquement Ann.

Cette question qui relève de la pure ironie, trouve un certain écho chez Elvira.

Elle est tellement ancrée dans cette idée d'officialisation de leur relation, que toutes questions touchant à ce domaine, méritent une réponse directe et immédiate.

« ***As soon as possible !*** » *(Dès que possible!)* répond-t-elle.

Ann éclate de rire.

« ***Are you joking ?*** » *(Vous plaisantez?)* rétorque-t-elle.

« ***I seem to be joking ?*** » *(J'ai l'air de plaisanter?)* répond Elvira presque en colère.

« ***And you Dad, you say nothing ? … It seems that you are about to get married. That's true ?*** » *(Et toi papa, tu ne dis rien? Il paraît*

La veuve PLYNN

que tu es sur le point de te marier. C'est vrai ?) demande Ann à son père qui semble ailleurs et qui ne se rend pas compte de ce qui se trame autour de lui.

« ***To get married, you have to be two. No ?*** » *(Pour se marier, il faut être deux. Non?)* ajoute Ann.

Elvira hausse les épaules. Puis sur un ton presque menaçant :

« ***What is your problem ?*** » *(C'est quoi votre problème ?)*

« ***My problem ? … You dare to ask me ? … I do not want to leave my poor father helpless with a stranger. Is that enough ?*** » *(Mon problème ? … Vous osez me demander ? … Je ne veux pas laisser mon pauvre père sans défense avec une inconnue. Cela vous suffit comme raison?)* répond Ann.

Elvira éclate de rire.

« ***Me ? A stranger ? … OK Ann, pick up your father, and get out of my house !*** » *(Moi ? Une inconnue ? OK Ann, ramasser votre père et sortez de chez moi!)* hurle Elvira.

Sur ces bonnes paroles, Elvira feint de se retirer à l'intérieur de la villa.

Soudain, avant qu'elle ne franchise le seuil de la porte, très calmement, Joseph lui demande de revenir s'asseoir.

Elle ne se fait pas prier, et revient aussitôt s'asseoir à côté de son amant.

Il était temps.

Elle lui en veut de l'avoir laissée batailler toute seule contre cette calamité prénommée Ann.

Elle ne perd rien pour attendre. Parole d'Elvira.

Pour l'instant, elle attend la suite de l'intervention de Joseph.

28

Joseph a suivi avec tristesse, les échanges orageux et belliqueux entre sa fille et sa maîtresse.

Depuis l'instauration de sa relation avec Elvira, Joseph navigue entre deux sentiments contradictoires.

D'un côté, sa fidélité à la mémoire de sa

La veuve PLYNN

femme Barbara qui lui a donné et laissé trois beaux enfants qui font sa fierté, de l'autre, son ardent désir de combler sa solitude aux côtés d'Elvira qui ne ménage pas ses efforts pour le séduire en lui permettant d'avoir une autre vision de la vie, même si, il ne connaît pas grand-chose sur elle.

Joseph sait que d'un côté comme de l'autre, son choix ferait des dégâts irréversibles.

Le challenge, c'est d'essayer de rapprocher les deux bords de l'abîme dans lequel il se trouve.

Dans le domaine commercial, il lui aurait suffi de trouver les bons arguments financiers pour faire renoncer aux uns et aux autres, à leurs exigences les plus extravagantes.

Mais en l'espèce, entre sa fille qui veut sauvegarder la mémoire de sa défunte mère et sa maîtresse qui se voit déjà la bague au doigt, comment faire ?

Joseph a beau scruter le visage de son fils Robert, (resté silencieux jusqu'à cet instant) , mais il ne peut déceler le moindre désire de la part de ce dernier de lui voler au secours en trouvant les mots adéquats pour apaiser les tensions entre ces deux femmes.

Robert a tout appris de son père.

Ce père dont il est fier et qu'il respecte par-dessus tout, doit une fois de plus, lui montrer qu'il est et demeure le grand, l'unique, l'impressionnant, le respecté, le redoutable Joseph PLYNN !

Robert n'est pas inquiet.

Le silence observé par son père durant l'affrontement entre ces deux femmes chères à son cœur, n'est nullement le signe d'une faiblesse, ni une manière de montrer son impuissance à régler le problème (opposant ces deux femmes), qui semble insoluble.

Joseph PLYNN ne capitule jamais.

Il sait que de ce silence, peut jaillir une fulgurance qui lui permettra de remporter la partie, en mettant d'accord ces deux femmes à qui il tient tout particulièrement.

Alors, contre toute attente, il se lève, saisit deux chaises de jardin qu'il installe à l'écart du groupe, et demande à sa fille de le rejoindre.

Ann s'exécute.

Ils sont assis face à face.

« *Ann* » dit-il.

« **Yes Dad !** » répond Ann.

« *You know me. … You know who I am. … You know how strong my love for your mother was. …* » *(Tu me connais. … Tu sais qui je suis. … Tu sais combien j'ai aimé ta mère)* poursuit Joseph.

« *Yes, I do* » *(Oui)* répond Ann.

« *So please, tell me what is wrong* » *(Alors, dis-moi s'il te plaît, ce qui ne va pas)*. Demande Joseph.

Ann fixe les yeux de son père un instant, puis:

« ***Dad, what do you know about this woman, except that, she claims to be Elvira Walker ? Do you know her family ? … I know you well enough. And as a wise man, I know that you will never do business with a person about whom you ignore everything. So Dad, tell me please, how can you entrust your life to a woman you ignore everything ? Please tell me !*** » *(Papa, que connais-tu de cette femme, mise à part qu'elle prétend s'appeler Elvira Walker ? Connais-tu sa famille? ... Je te connais suffisamment. Et en homme avisé, je sais que tu ne feras jamais des affaires avec une personne au sujet de laquelle, tu ignores tout. Alors, papa, dis-moi s'il te plaît, comment peux-tu confier ta vie à une femme dont tu ignores tout ? Réponds-moi s'il te plaît !)*

Joseph attrape les deux mains de sa fille, les serre très fort et les embrasse.

Que répondre à une personne de bon sens et qui pose des questions de bon sens ?

« ***Ann, your questioning is full of common sense. I expect no less from you. You are an***

195   La veuve PLYNN

adult person. Is it necessary to explain to you, why suddenly our heart beats harder in front of a person we do not know or hardly know ? That's right I know almost nothing about her. But, my heart and all my being ask me to go to her. Can you understand that ? » *(Ann, ta réflexion est pleine de bon sens. Je n'attends pas moins de toi. Tu es une personne adulte. Est-ce nécessaire de t'expliquer pourquoi, de façon soudaine, notre cœur bat plus fort face à une person ne que nous ne connaissons pas ou que nous connaissons à peine ? C'est vrai, je ne connais presque rien à son sujet. Mais mon cœur et tout mon être me demandent d'aller vers elle. Peux-tu comprendre ça ?)*

« *Daddy, is that really what you want ?* » *(Papa, c'est vraiment ce que tu veux?)* demande Ann.

« *Yes Ann, that will be enough for my happiness.* » *(Oui Ann, cela suffira à mon bonheur)* répond Joseph.

« *One more thing Dad : Promise me to take care of yourself. For my part, I'll investigate her when I'll be back to the USA* » *(Une dernière chose papa : promets-moi de prendre soin de toi. De mon côté, je ferai une enquête sur elle quand je serai de retour aux USA)* ajoute Ann résignée.

Sur ce, les deux se lèvent et rejoignent le groupe.

Joseph propose de déboucher une bouteille de champagne pour fêter les fiançailles.

Elvira ne se fait pas prier.

29

Les fiançailles sont célébrées dans une ambiance inhabituelle.

D'un côté de la table, les enfants de Joseph, de l'autre, Elvira et son fiancé tout neuf.

Aucune joie sur les visages. Dans les cœurs, c'est une autre histoire.

Il reste à trouver une date pour organiser le mariage.

Ann ne pourra pas assister au mariage. Les affaires de la compagnie au Kentucky ne lui laisseront pas le loisir de refaire un aller-retour en France de si tôt.

Cependant, elle pourra revoir son père si Elvira consent à ce que, une partie de leur voyage de noce, se déroule dans l'État du Kentucky.

Ce qui ne sera pas le cas : Elvira refuse de remettre les pieds aux Etats-Unis.

La principale raison : elle n'en a pas envie.

Elle veut découvrir une autre partie de ce vaste monde comme elle dit.

L' Australie par exemple, pays pour lequel elle se découvre une passion soudaine pour une personne qui a horreur de faire de longs trajets en avion.

Entre l'Australie et les Etats-Unis, existe-t-il

un accord d'extradition? demande-t-elle à un mystérieux interlocuteur.

C'est ce que Joseph a entendu en surprenant une conversation téléphonique entre sa fiancée et un mystérieux correspondant.

Drôle de question en effet pour une fiancée honnête, aimante, dévouée, qui possède une villa en France et qui a l'intention de se marier en France.

Pourquoi une telle question?

Joseph tente d'en savoir un peu plus, mais en vain.

Il se rassure en pensant à la promesse de sa fille d'effectuer une enquête sur elle. Il espère qu'il en saura un peu plus sur sa vie passée, très prochainement, de préférence avant son mariage.

Ann est retournée dans le Kentucky quelques semaines plus tard.

Sa principale préoccupation : comment

annoncer à son fiancé Jerry qu'elle est enceinte et que l'enfant qu'elle porte dans son ventre n'est pas le sien ?

En effet, cet enfant ne peut pas arriver à un pire moment que cette période au cours de laquelle, elle vit un profond boulversement depuis son séjour en France.

Elle se souvient parfaitement de ce séjour à New-York, séjour au cours duquel, elle a croisé le chemin de ce représentant originaire d'Augusta dans l'État du Maine, venu assister au congrès annuel des céréaliers.

Canadienne d'origine, la famille de Josué a migré du New-Brunswick vers l'État du Maine dans les années quarante, État dans lequel elle a prospéré dans l'agro-alimentaire.

Josué connaît Ann dans le cadre de leurs activités respectives sans l'avoir jamais vue dans la vraie vie.

Ils se téléphonent souvent. Ils s'apprécient. Il existe une réelle complicité entre eux.

Josué sait que Ann a un fiancé et que le mariage aura lieu très prochainement.

Cela n'empêche pas que, au cours de cette journée inaugurale du congrès des céréaliers, leur première rencontre ait éclipsé tout le reste.

L'attirance de l'un envers l'autre est une réalité.

Un vrai coup de foudre. Ils ne se quittent pas des yeux. Ils haïssent l'organisateur qui les a placés à l'opposé de l'un et de l'autre dans la salle.

La journée se passe sans histoire.

A la tribune, les différents céréaliers viennent comparer leurs méthodes de production. Chacun se vante de posséder le meilleur rendement à l'hectare.

Vient le tour d'Ann PLYNN qui prend la parole pour la première fois à une tribune.

Un peu intimidée au départ, elle commence

son discours par rendre un hommage appuyé à son grand-père John PLYNN, après avoir transmis les salutations de son père Joseph PLYNN, retenu en France.

Avec méthode et concision, Ann démontre (chiffres à l'appui) la nécessité de financer les centres de recherches pour la mise au point de nouvelles méthodes de culture : adaptation des semences à la nature des sols, selon les régions et le climat. Cela permettra (dit-elle avec une certaine assurance) d'améliorer les rendements et de garantir ainsi, de meilleurs profits à l'hectare.

Les préconisations d'Ann PLYNN font sensation et soulèvent l'enthousiasme général. A l'applaudimètre, Josué bat tous les records.

Au cours du dîner de clôture, les deux amis se rapprochent et partagent la même table.

Josué tente le tout pour le tout afin que, Ann PLYNN accepte de monter dans sa suite pour un dernier verre.

Ann résiste mollement à cette invitation, puis

finalement, accepte d'accompagner Josué au trente-deuxième étage de cet hôtel qui offre un vue imprenable sur Manhattan.

L'ascenseur démarre et libère ses passagers étage après étage.

Josué et Ann sont tapis au fond de la cabine.

Josué s'impatiente.

Ann a encore le temps de renoncer.

Ses jambes ne la portent plus.

Dix-neuvième étage.

Va-t-elle descendre et reprendre un autre ascenseur en mode descente ?

Prochain arrêt : le vingt-sixième.

Après, ascension directe vers le trente-deuxième.

Ann ne se décide toujours pas à descendre.

La veuve PLYNN

Après tout, que risque-t-elle ?

Un verre et puis alors ?

Quel mal y-a-t-il à accepter un verre de son ami Josué ?

Elle tente tant bien que mal de se rassurer. Elle n'a jamais connu une pareille sensation de devoir résister à une tentation.

Sa vie de jeune fille bien rangée, sous la houlette de Barbara, ne l'a pas préparée à affronter une telle situation, puisque, de toutes les façons, cela ne doit pas se faire. Cela ne se fait pas d'accompagner un inconnu dans sa chambre, même pour boire un dernier verre.

Trente-deuxième étage.

La porte de l'ascenseur s'ouvre.

Josué sort le premier.

Anne semble hésiter.

Josué se place entre les deux battants de la porte pour empêcher qu'elle ne se referme, et lui tend la main.

Ann saisit sa main.

Josué la tire hors de l'ascenseur.

Ann tremble de partout.

Josué maintient fermement sa main dans la sienne, et se dirige vers sa suite.

Ann suit le mouvement.

Porte 32018.

Josué sort son pass et actionne l'ouverture de la porte.

Il invite Ann à entrer la première.

Ann s'exécute.

Josué entre à son tour et referme la porte.

Soudain, contre toute attente, très calmement,

Ann déclare :

« ***Let's do it right away, like that, we do not think about it anymore. Yes ?*** » *(Faisons le tout de suite, comme ça, on n'y pense plus. D'accord?)*

Josué n'en croit pas à ses oreilles. Il ne sait pas quoi répondre. Est-ce une blague pour le déstabiliser ?

Josué est pétrifié. Il ne peut imaginer un instant que cette fille de bonne famille puisse lui faire une telle proposition. D'ordinaire, c'est lui qui est aux commandes. C'est lui qui qui séduit. C'est lui qui finit par venir à bout des résistances les plus farouches. C'est lui qui triomphe.

Ann joint le geste à la parole, et commence à se dévêtir.

Elle est à présent toute nue.
Elle se dirige vers le lit.

Josué demeure perplexe, mais finit par la rejoindre.

30

L'enquête diligentée par Ann au sujet de sa future marâtre, ne donne aucun résultat.

Elvira Walker ne figure nulle part : ni à l'état civil, ni dans les fichiers du bureau du procureur, ni dans les journaux spécialisés dans les faits divers.

La veuve PLYNN

C'est à croire que Elvira Walker n'a jamais mis les pieds aux États-Unis.

Le mystère Elvira Walker reste entier.

En informant son père du résultat de son enquête, Ann ne peut s'empêcher d'essayer une fois encore de lui faire renoncer à son projet de mariage.

Mais difficile de l'en dissuader.

Les bans sont publiés et le mariage est dans une semaine.

Ce ne sera pas une grande une cérémonie. Juste un passage à la mairie avec quelques amis, et ensuite, réception dans un grand hôtel à Cannes.

Les enfants sont invités.

Après le mariage, Elvira n'a aucune envie d'aller vivre à Chantilly et former un couple à trois avec le fantôme de Barbara.

Par conséquent, elle souhaite acquérir un

appartement dans le quartier de la Madeleine à Paris.

Un petit cent cinquante mètres carrés. Quelque chose de modeste. Rien de trop voyant.

Joseph charge Robert de s'occuper du financement.

Robert profite de l'occasion pour demander au notaire de la famille d'établir un contrat de mariage.

Au moment de la signature des documents, Elvira rentre dans une colère noire, menaçant de rompre les fiançailles et de renoncer au mariage si, il n'existe pas un minimum de confiance entre eux et si, Joseph ne peut pas déterminer sa propre manière de vivre sans en référer constamment à ses enfants.

Au cours de cette période pendant laquelle la signature du contrat de mariage est suspendue Joseph n'a plus eu droit à la tasse de tisane, ni aux séances sexuelles du soir derrière la porte fermée de la chambre à coucher.

Grève totale, reconductible nuit après nuit.

Joseph ne peut plus supporter l'ambiance ainsi créée par l'établissement de ce contrat de mariage restreignant les prérogatives de la future épouse.

Elvira sait que « PLYNN », c'est d'abord un nom de famille très respectée. C'est une marque déposée. C'est une affaire de famille florissante. Ce sont des capitaux énormes dans plusieurs affaires à travers les Etats-Unis.

Elle a mené sa propre enquête depuis l'épisode des noix de pétoncle.

Elle sait très exactement combien pèse Joseph et son plan tient compte de tous ces détails.

Robert ne doit pas constituer le grain de sable qui risque de contrecarrer son plan.

Elle avait fait de lui, son allié. Mais elle commence à le regretter.

Elle a investi du temps et de l'argent. Elle ne

veut pas renoncer, si près du but.

Au cours d'une discussion très houleuse avec son fils, Joseph réussit à lui faire abandonner l'idée d' établir un contrat de mariage.

Robert accepte de ne plus exiger le contrat de mariage, mais se dépêche de contacter le notaire pour trouver la parade ultime afin de protéger la famille au cas où.

Joseph annonce la bonne nouvelle à sa fiancée.

Fin de la grève.

La tasse de tisane réapparaît.

Les séances sexuelles sont réinscrites au programme.

La vie reprend son cours normal.

Joseph est heureux.

31

Le mariage **:** jour J.

A la mairie de Grasse, le maire de la commune célèbre ce mariage qui ne ressemble à nul autre pareil.

A-t-on déjà vu au cours d'un mariage, les membres de la famille de la mariée briller par leur absence?

La veuve PLYNN

De mémoire d'officier d'état civil, cela ne s'est jamais vu.

Zéro pour cent de présence.

De quoi surprendre l'assistance qui se pose mille et une questions.

A Joseph, elle prétend s'être fâchée à mort avec sa famille.

Une sordide histoire d'héritage entre sa sœur et son frère.

Ses parents étant décédés, il ne lui reste plus personne pour représenter sa famille à ses noces : ni cousines, ni cousins, ni neveux ni nièces, ces derniers ayant pris fait et cause pour leurs parents.

Pour elle, la situation est extrêmement limpide.

Elle ne comprend pas pourquoi cela constitue une source de préoccupation pour les PLYNN qui, tout le monde le sait, sont unies au sein d'une grande famille riche et solidaire.

Du côté de Joseph, Robert et Shirley sont présents à la cérémonie.

Quelques amis américains ont effectué le déplacement depuis Paris. Heureusement !

A défaut, l'assistance aurait été clairsemée dans cette grande salle des mariages de la mairie.

Le matin du mariage, Joseph reçoit un télégramme en provenance des USA, signé Ann PLYNN :

« **Good luck !** » *(Bonne chance !)*.

Message laconique qui traduit bien l'état d'âme d'Ann qui préfère passer cette journée dans le parc national de Mammoth Cave, non loin du séquoia géant.

Au fil du temps, Ann s'est calmée mais pas apaisée.

Le sort de son père continue de constituer une source de préoccupation pour elle, même si elle a rompu ses fiançailles avec Jerry et que sa grossesse se poursuit à l'insu de Josué.

Elle prend régulièrement des nouvelles de son père auprès de son frère Robert.

Elle apprend entre-autre l'histoire de la fâcherie (provoquée par le projet du contrat de mariage), qui a failli faire capoter le mariage, et qui la conforte dans l'idée que, la prudence doit toujours être de mise.

Par conséquent, de son côté, (en se basant sur la législation américaine en vigueur et dans la mesure où les capitaux de la famille sont d'origine américaine), certaines dispositions sont prises depuis les États-Unis avec les avocats de la famille pour limiter la casse au cas où.

D'autre part, depuis son échec à l'issue de son enquête sur sa possible future marâtre, une question ne cesse de turlupiner Ann :

Qui se cache derrière Elvira Walker ?

Et si « Elvira WALKER » était un nom d'emprunt ?

C'est si facile d'usurper l'identité d'une autre personne.

Quelques milliers de dollars et le tour est joué. Ni vu ni connu !

C'est une nouvelle piste à creuser, mais l'issue est tout aussi incertaine sauf si, des langues se délient à la suite d'une offre intéressante de récompense.

Elle demande à son frère de profiter du mariage pour prendre des photos pour ne pas éveiller ses soupçons.

A suivre.

A la fin de la célébration du mariage, au moment où le maire félicite le couple tout en leur remettant le livret de famille, Elvira tend sa main et récupère le précieux livret.

Fébrilement et devant le maire stupéfait, elle ouvre la page principale, vérifie la véracité de l'inscription de son nom avec toutes les mentions légales lui conférant le statut d'épouse de Joseph PLYNN.

A présent, elle a la certitude d'être Elvira PLYNN !

Ce qui constitue l'étape numéro deux de son plan.

Elvira WALKER est morte, vive Elvira PLYNN.

32

Départ du cortège formé par les voitures mises à la disposition des invités.

Direction Cannes.

Hôtel MARTINEZ.

Elvira PLYNN, au bras de Joseph PLYNN fait son entrée dans la salle de réception.

Acclamations .

Pour Elvira, c'est la cerise sur le gâteau.

A la demande de Robert, Shirley prend des photos, beaucoup de photos pour Ann.

Shirley n'est pas au courant du plan permettant de découvrir qui se cache derrière Elvira WALKER et de la démasquer.

Magnifique réception.

Quelques prises de parole.

Animation musicale.

Tout semble parfait, mais Elvira s'ennuie.

Elle a envie d'être ailleurs.

Quelques instants plus tard, elle demande à son mari de prendre congé.

Le couple prend congé.

Direction : la suite nuptiale.

D'ordinaire, jusqu'au soir du grand jour, la mère ou à défaut, la meilleure amie donne les toutes dernières recommandations sur le déroulement de la nuit de noces.

Pour la jeune épouse, sensée tout ignorer de la vie, la nuit de noces est tout sauf un conte de fées.

Mais, dans ses nouveaux habits de vraie fausse jeune épouse, Elvira PLYNN n'a pas l'intention de sacrifier à la tradition.

D'ailleurs, elle n'a ni maman, ni meilleure amie pour la conseiller. Elles est toute seule pour affronter cette nuit de noces et ses intentions sont d'un autre ordre.

Aussitôt la porte de la suite refermée, Elvira sort de son sac, un document de trois pages plié en quatre, à faire signer sans tarder par son tout nouvel époux.

Joseph dont le cerveau est encore embrumé par les effluves de la grande quantité d'' alcool absorbée au cours de la soirée, ne comprend pas grand-chose de ce que sa femme lui commande de faire.

Il doit parapher chaque page de ce mystérieux document, et ensuite, signer à la dernière page.

C'est tout, après il pourra dormir.

Après ce simulacre de nuit de noces, Joseph émerge le lendemain, très exactement vers 11h30.

Il ne se souvient de rien.

A son réveil, il trouve un mot de sa femme sur le guéridon, l'informant de son absence pour une course urgente.

A son retour de la douche, Joseph découvre son épouse assise sur le canapé, l'attendant pour aller déjeuner.

« ***Where were you ?*** » *(Où étais-tu passée?)* demande Joseph

« ***Honey, I went shopping in the city.*** »
(Chéri, je suis allée faire une petite course en ville)

répond Elvira.

Et puis, elle ouvre son sac, sort un paquet qu'elle donne à Joseph en disant :

« ***Honey, here's your wedding present. … This is the minimum I can do to thank you for the support and consideration you have given to me by accepting that our relationship becomes a fairy tale. … My husband, how much I love you ! Please, do never doubt about my feelings for you. OK ?*** » *(Chéri, voici mon cadeau de mariage. … C'est le minimum que je puisse faire pour te remercier pour ton soutien et toute la considération que tu m'as apportés en acceptant que notre relation devienne un conte de fées. Mon cher mari, combien je t'aime ! S'il te plaît, ne doute jamais de mes sentiments pour toi. D'accord ?).*

Joseph libère ses mains, reçoit le paquet, l'ouvre et découvre une montre en or massif.

Il la retourne. Il découvre une inscription gravée :

« ***To my husband, with all my love*** » *(A mon époux, avec tout mon amour)*

Il est surpris, mais, n'est-on pas à cannes ?

Il s'approche. Il la prend dans ses bras. Il l'embrasse longuement.

Elle se laisse faire.

Elle est amoureuse.

Très amoureuse.

Elle est câline.

Elle s'abandonne.

Elle l'entraîne vers le lit.

Elle veut que Joseph lui fasse l'amour, là, tout de suite.

33

Retour à Grasse en fin de journée.

La vie reprend son cours à la villa.

De fil en aiguille, Elvira se voit doter d'une enveloppe mensuelle pour couvrir ses menues dépenses.

Cette dotation, équivalente à un salaire d'un cadre supérieur, fixée par Robert en accord

La veuve PLYNN

avec son père, semble (pour l'instant) lui convenir.

Un autre compte alimente les dépenses du ménage et l'entretien de la villa, qui tout à coup, a besoin d'une restauration complète.

Officiellement cette restauration a pour but de la rendre un peu plus confortable et plus fonctionnelle pour accueillir Joseph et sa famille.

L'entreprise retenue pour effectuer les travaux de restauration, est une entreprise d'origine marseillaise, chaudement recommandée par une vieille connaissance.

En attendant que la restauration s'achève, Elvira propose de remonter à Paris.

Ils pourront habiter dans l'appartement situé dans le quartier de la Madeleine et non pas à Chantilly.

Elle pourra redescendre de temps à autre à Grasse pour surveiller les travaux et suivre en temps réel l'évolution de la restauration.

Ce retour à Paris permet à Joseph d'être plus en contact avec Robert qui a pris plus de responsabilités durant l'absence de son père retiré dans le sud de la France.

Il organise des conf calls avec les Etats-Unis.

Ann est ravie de retravailler avec son père.

Avec les photos du mariage, les recherches sur Elvira WALKER reprennent.

Joseph ignore tout de cette nouvelle initiative.

Ann ne sait pas dans quel état d'esprit se trouve son père, plusieurs semaines après son mariage.

Serait-il toujours d'accord pour diligenter une nouvelle enquête sur son épouse ?

Ils n'osent pas lui poser la question.

Dans tous les cas, l'ambition affichée de Robert et de sa sœur, est de protéger leur père contre vents et marrées. Ils veulent éviter que leur père se retrouve sous l'influence de cette femme dont ils ignorent tout et qui ne leur inspire pas confiance.

Depuis qu'elle retravaille avec son père, Ann prend plaisir à lui faire des confidences.

Joseph apprend qu'il va bientôt être grand-père. Mais le père de cet enfant qui va naître, ne sera pas Jerry. En effet, Jerry a rompu les fiançailles pour des raisons que Ann ne veut pas lui expliquer pour l'instant.

Joseph est triste d'apprendre cela. Il pense à Barbara qui appréciait beaucoup Jerry.

Depuis leur installation dans l'appartement, Elvira est retournée deux fois à Grasse à la demande du vieil ami.

Ses absences durent entre trois et cinq jours.

Parfois le vieil ami la ramène en voiture jusqu'à Paris, sans toutefois oser monter à l'appartement.

Un jour, un peu plus motivé que les autres fois, il se présente à l'appartement pour s'entretenir avec Joseph.

Ce dernier lui recommande de prendre rendez-vous avec son fils Robert.

Le jour convenu, Robert voit arriver une personne peu recommandable qui menace d'arrêter les travaux si, il ne consent pas à un versement immédiat de cent mille euros.

Or, au début des travaux, une provision de deux cent mille euros a été virée sur le compte d'Elvira.

Le supposé chef des travaux prétend n'avoir rien reçu à ce jour.

Robert décroche son téléphone et informe son père de la situation.

Joseph demande des comptes à sa femme.

Elvira lève les bras au ciel, jurant les grands dieux que tout a été fait en temps et en heure et que le chef des travaux a été payé.

Qui croire ?

229　　La veuve PLYNN

Robert exige de sa marâtre de fournir les preuves du versement des acomptes.

Impossible : avec les travaux, certains documents ont été déplacés et elle ne saurait mettre la main sur les pièces comptables réclamées par Robert.

De plus, tout se trouve à Grasse et à l'évidence, elle-même se trouvant à Paris en ce moment, elle ne peut rien faire.

Donc, impossibilité totale de satisfaire les exigences de Robert.

Elle demande instamment à son mari de régler cette affaire qui la fatigue inutilement.

D'ailleurs, elle commence à ressentir une violente migraine.

Une migraine qui risque de le priver de sa tasse de tisane du soir, tisane dont ses enfants ignorent l'existence jusqu'à ce jour.

Robert voit rouge. Il s'insurge.

Il veut parler à son père en privé, sans tarder.

En attendant, le supposé chef des travaux est installé dans un petit hôtel dans le quartier de Saint-Lazare.

Il doit retourner à Grasse dès le lendemain voir les ouvriers et les payer.

Entretien houleux entre Robert et son père.

Robert suggère de suspendre tout versement à Elvira, tant que la situation n'a pas été clarifiée.

Joseph s'y oppose.

Robert suggère de renoncer à la restauration de la villa qui ne leur appartient pas.

Joseph s'y oppose : un engagement est un engagement, lui rappelle-t-il.

Devant l'attitude inflexible de son fils, Joseph décide de verser les cent mille euros réclamés par le supposé chef des travaux sur ses propres deniers.

Aussitôt, la migraine d'Elvira disparaît comme par enchantement.

Le chef des travaux supposé peut reprendre l'avion dès le lendemain, comme prévu.

Robert commence à percevoir la stratégie mise en place par sa marâtre.

Siphonner tant qu'elle peut, les finances de la famille, avec ou sans complicité d'une tierce personne.

Au même titre qu'aux USA, la situation doit être sous contrôle.

Il juge opportun de prendre des mesures analogues en France pour protéger la famille.

Toutes les factures doivent lui parvenir, et les règlements ne s'effectueront plus par le truchement d'Elvira.

Robert ne décolère pas de voir son père se faire voler cent mille euros sans qu'il puisse intervenir.

Ann est aussitôt informée de la situation.

Elle est horrifiée par la tournure que prend la vie maritale de son père.

Elle s'en veut d'avoir eu raison sur toute la ligne, et de n'avoir pas réussi à empêcher ce mariage.

Elle se sent coupable, et sa haine pour Elvira est décuplée.

Ann suggère à son frère de mener une discrète enquête sur le supposé chef des travaux, et si possible, déposer plainte pour escroquerie.

34

Elvira refuse obstinément de mettre les pieds dans la propriété familiale.

Les raisons de ce refus n'ont pas changé.

Par conséquent, Joseph se rend tout seul à

La veuve PLYNN

Chantilly pour la journée organisée en mémoire de Barbara.

Cette journée doit se terminer par la dispersion totale des affaires personnelles de Barbara, en présence de quelques associations caritatives triées sur le volet, chargées de récupérer le produit de la vente des pièces de valeur mises aux enchères en début d'après-midi dans la propriété.

Ann regrette de ne pas pouvoir participer physiquement à cette journée, mais se réjouit de cette initiative qui selon elle, met un terme à la période de deuil.

La fin de la période de deuil n'empêchera pas que le souvenir de Barbara reste à jamais gravé dans leur cœur.

Ann réussit à emporter certaines enchères, lui permettant de conserver la plupart des bijoux précieux de sa regrettée maman, pour elle et pour sa sœur Shirley.

A son retour à l'appartement, Joseph apprend qu' Elvira a l'intention d'effectuer un nouveau voyage à Grasse.

La raison officielle :

une importante décision à prendre concernant le choix d'un matériau en remplacement d'un autre qui ne lui convient plus.

Joseph propose de l'accompagner pour l'aider à faire son choix.

Il veut participer d'une façon ou d'une autre à la restauration de cette villa, même si cette villa ne lui appartient pas en réalité.

Elvira ne veut pas lui vendre la villa qui a une grande valeur sentimentale pour elle, à ce qu'elle prétend.

Cependant, il finance en totalité les travaux de restauration. Cela devrait en principe lui accorder le privilège d'imposer ses choix qui lui permettront de se sentir un peu plus chez lui, quand les travaux seront terminés.

Rien de plus logique en effet.

Mais, Elvira ne l'entend pas de cette oreille. Elle refuse catégoriquement que son mari l'accompagne pour sa tournée d'inspection.

Le motif allégué : la poussière générée par les travaux qui serait incompatible avec son état santé.

État de santé ?

Joseph est-il malade ?

Première nouvelle.

Joseph est troublé.

Il ne lui a jamais parlé de son état de santé.

Il est vrai que l'hypertension et l'asthme sont une réalité chez lui, mais tous les deux sont sous contrôle.

D'autre part, il n'y a jamais eu la moindre manifestation visuelle, embarrassante de ces deux pathologies en sa présence.

Alors comment peut-elle savoir ?

En réfléchissant, il se souvient d'avoir eu recours à son aérosol à la suite d'un coït qui a dépassé la limite de ce qui peut être considéré comme raisonnable.

Il avait eu du mal à reprendre son souffle. Alors, très discrètement, il s'était servi de son aérosol pour soulager ses bronches.

Pour la première fois, dans son esprit, le doute n'est plus permis. Joseph ne voit plus son épouse avec ses yeux de « jeune marié » amoureux et confiant.

Alors, après le départ d'Elvira, Joseph demande à Robert de se rendre à Grasse pour tenter de voir ce qui s'y passe (à la grande surprise de ce dernier qui voit en fin de compte le point de vue de son père rejoindre le sien en ce qui concerne Elvira).

« *It's necessary for man, to be happy, that he should move forward on prudence, and enlightened by reason.*» *(Il faut à l'homme, pour être heureux, qu'il marche appuyé sur la prudence, et éclairé par la raison.)* ajoute-t-il.

Robert est rassuré.

Joseph est de retour parmi les siens.

Son raisonnement, (récemment réduit à penser que les sentiments sont un don de l'amour, à considérer le mystère comme faisant partie intégrante du sentiment amoureux), lui permet à nouveau d'entrevoir avec clarté, sa relation avec son épouse.

Sa cécité momentanée d'avant son mariage est à présent un lointain souvenir.

Mais pour que, Elvira continue de croire que toutes les cartes sont dans ses mains, il lui faut garder ses yeux à moitié fermés.

Son esprit critique : sa soupape de sécurité, est à nouveau en action.

Le redoutable homme d'affaire prénommé Joseph PLYNN est de retour.

Il appelle immédiatement Ann pour la tenir informée.

Ann lui recommande d'observer la plus grande prudence.

Elvira pourrait se montrer dangereuse si elle

se sent acculée.

Avant de quitter l'appartement de son père, Robert se rend à la cuisine. Il a besoin d'une tasse de café.

Il cherche le paquet de café. Il tombe sur des paquets contenant des sachet de plantes pour préparer des infusions.

Il remarque tout au fond, un parquet sur lequel il peut lire des inscriptions en caractères cyrilliques.

Robert ne sait pas lire le russe.

Il rapporte le paquet au salon et le montre à son père.

Joseph ne lit pas non plus le russe, donc ne sait pas ce dont il s'agit.

Généralement, il ne prête pas attention au contenu des placards.

Ce dont il se souvient, c'est qu'il a droit à une tasse de tisane tous les soirs depuis ses débuts avec Elvira.

Robert s'étonne d'apprendre cela.

De la tisane pourquoi faire ? lui demande-t-il.

Alors, il prélève un sachet de la boite, le glisse dans sa poche, et remet le paquet à sa place.

Il prépare sa tasse de café, passe un moment avec son père et prend congé.

En arrivant à Chantilly, Robert s'arrête chez le pharmacien et lui demande d'effectuer une analyse toxicologique du contenu du sachet.

Ensuite, il rentre chez lui.

35

Cela fait deux jours qu' Elvira est retournée dans sa villa à Grasse.

Robert peaufine sa stratégie pour démasquer sa marâtre.

Il convoque un détective privé et lui assigne la délicate mission d'enquêter sur Elvira.

La veuve PLYNN

Une journée d'enquête a suffi pour obtenir les renseignements attendus par le client.

De mémoire de détective, une enquête n'a jamais été aussi facilitée par le comportement incroyablement irrespectueux et désinvolte des deux protagonistes dans une affaire d'adultère.

Les conclusions du détective privé sont sans appel.

Elvira et le supposé chef des travaux (Andreil de son prénom et russe d'origine), sont amants.

C'est une relation à ciel ouvert, sachant que personne dans l'entourage de Joseph PLYNN ne menace leur tranquillité.

Les photos rapportées par le détective sont sans équivoque.

Il ne s'agit nullement d'une parenthèse dans sa jeune vie de femme mariée, mais bel et bien de la continuité d'une relation ancienne.

Les photos l'attestent.

En effet, Andrei et Elvira furent mariés dans une autre vie, à l'époque où il vivaient tous les deux aux USA.

A New-York précisément, ville dans laquelle, Andrei tenait un bar russe.

Elvira s'occupait de l'annexe du bar, rebaptisé pompeusement :

« *The VOLGA grocery store* » (l'épicerie de la VOLGA).

Une épicerie fine dans laquelle toute la communauté russe s'y pressait et y laissait une véritable fortune jour après jour.

Une fois par mois, Andrei effectuait le voyage à Moscou pour le ravitaillement.

Pendant son absence, Elvira prenait en charge la gestion des deux établissements et régnait sur tout ce monde avec toute l'autorité d'une femme d'affaire redoutable.

Elvira avait tout : mari, argent, considération.

Mais son désir était ailleurs.

Une vraie obsession.

Elle veut changer de nom.

Porter un nom bien américain.

Pour quel objectif ?

Se fondre dans la société américaine. Ce qui n'est guère possible avec un nom d'origine russe.

Sa résolution est sans appel : repartir de zéro, vivre son rêve américain au grand jour et non du fond d'une épicerie.

Alors, sans rien dire à son mari, et en échange de plusieurs milliers de dollars Elvira réussit à se procurer des papiers au nom d'Elvira WALKER.

Elvira AZAROV cède la place à Elvira WALKER.

Tout ceci à l'insu d' Andrei.

Nouvelle identité, nouvelles aspirations.

Elvira aime la belle vie. Rien ne peut être trop beau ou trop cher pour elle. Elle veut vivre une autre vie. Elle a d'autres ambitions.

L'épicerie de la VOLGA est devenue trop étriquée pour ses rêves d'expansion et Andrei, un obstacle majeur pour ses nouveaux projets.

Parce que Andrei a hérité son commerce de son père, il ne veut en aucun cas se dessaisir ce bien de famille.

Ils en ont discuté des nuits entières, en vain.

Alors, lasse de se battre, elle prit la décision d'en finir.

Il lui faut trouver une solution.

Elle rédigea une lettre anonyme dans laquelle elle dénonce Andrei AZAROV pour fraude fiscale.

Convoi de voitures de police, arrestation, jugement, incarcération.

Ses nombreuses manifestations d'amour pour

son mari, ses pleurs, son désespoir, tout est fait pour brouiller les pistes et éviter d'être soupçonnée par Andrei qui croupit dans une prison fédérale.

Les deux établissements sont fermés de facto. Les comptes bancaires sont saisis.

Le produit de la vente du bar russe et de l'épicerie de la VOLGA, a permis de régler le montant du redressement fiscal et les frais d'avocats.

Sur décision de la justice américaine, Elvira est contrainte de quitter les USA.

L'accusation de complicité de fraude fiscale n'a pas été retenue contre elle, mais sa présence sur le territoire américain n'est plus souhaitée.

Pour une personne qui voulait vivre son rêve américain, la tournure des événements semble tout remettre en cause.

Mauvais calcul.

L'arroseur est arrosé.

Grosse déception. Grosse colère contre elle-même.

Son amertume est indescriptible.

L'ex Elvira AZAROV demande et obtient le divorce.

Elle quitte les Etats-Unis avec sa nouvelle identité, un passeport américain tout neuf, le reliquat de la vente du bar russe et de l'épicerie de la VOLGA, ses économies dissimulées à l'administration fiscale. Ce qui lui permet de s'installer en France sans trop de difficulté et vivre des jours heureux.

36

A son arrivée en France, Elvira WALKER décida de s'installer à Grasse.

Elle ouvre une galerie de peinture très prospère, qui lui permet de constituer un impressionnant carnet d'adresses en un temps record.

Plusieurs années se sont écoulées.

Par le jeu des remises des peines, Andrei AZAROV est libéré et aussitôt expulsé des USA vers son pays d'origine, la Russie.

Depuis l'Ukraine d'où il est originaire, Andrei se met en tête de retrouver son ex femme.

Il contacte plusieurs amis dans divers pays, et finit par localiser Elvira en France, plus précisément à Grasse.

Dans un premier temps, il se rend à Marseille, ville dans laquelle il créé avec quelques amis, une entreprise de construction de maisons individuelles.

A cette même période, par le plus grand des hasards, Elvira croise le chemin de Joseph PLYNN en vacances à Grasse.

A son arrivée à Grasse, Joseph avait été pris d'une boulimie d'activités, qui le conduisit tour à tour aux musées, dans les galeries de peinture, à Cannes, etc ... .

Au cours d'un vernissage, Elvira le remarqua.

Une enquête discrète lui permit de savoir avec précision, qui est Joseph PLYNN. Elle connaît tous ses faits et gestes. Elle connaît tout de lui.

Son désir de vivre le rêve américain est toujours vivace dans son esprit.

Si, elle ne peut le vivre sur le sol américain, autant choisir un américain pour le vivre à ses côtés. Se dit-elle.

Raisonnement simpliste, mais sincère et presque émouvant. Elle croit fermement à son rêve. Rien ne peut l'empêcher de transformer son rêve en une réalité tangible.

Elle attend le bon moment pour entrer en contact avec l'élu de ses rêve, cet américain pure souche sur lequel elle fonde tant d'espoir.

Un jour, par le plus curieux des hasards, Elvira rencontre Andrei dans une galerie marchande.

Grosse panique.

Elle se pose mille et une questions.

Rencontre fortuite ?
Reparution programmée ?
Depuis quand l'observe-t-il ?
Est-il armé ?
Sa vie est-elle en danger ?
Est-il venu pour la tuer ?
Qu'est-il est venu faire à Grasse si ce n'est pour la retrouver ?
Est-il là pour venger l'affront concernant la dénonciation auprès de l'administration fiscale ?
Connaît-il la vérité ?

Son cerveau est en ébullition.

Mais, n'écoutant que son courage, et pour avoir le cœur net sur ses réelles intentions, elle aborde Andrei en arborant un sourire crispé **:**

« ***Oh quelle belle surprise !*** »

« ***Bonjour Elvira*** » répond-t-il froidement.

« ***Bonjour Andrei*** »

« *Comment vont les affaires à la tête de ta galerie ?* »

« *Bien ! On t'a relâché ?* »

« *Oui, comme tu vois.* »

« *Et depuis quand ?* »

« *Depuis six mois.* »

« *Et ce n'est que maintenant que tu viens me voir ?* » dit-elle hypocritement.

« *Mieux vaut tard que jamais. N'est-ce pas?*»

« *Oui en effet ! … Et tu vis de quoi ? As-tu un travail ?* »

« *Je comptais un peu sur toi … Tu vois ce que je veux dire ?*»

« *Oui ! … Je te présente les comptes dès que tu veux.... Où pourrais-je te joindre ?* »

« *On pourrait se voir à la villa. Si tu ne vois*

pas d'inconvénient »

« Non, pas à la villa. Pas pour le moment. A la galerie si tu veux. »

« Quand ? »

« Dans deux ou trois jours, le temps que je passe au coffre récupérer les documents et un peu de cash. OK ? »

« Au revoir Elvira ! »

Sur ces mots, Andrei AZAROV s'éloigna sans se retourner.

Elvira resta un moment sur place, tentant de reprendre ses esprits. Elle a eu peur. Très peur. Andrei connaît tout d'elle. Elle en tremble encore. Il lui faut un verre. Vite !

37

La rencontre eut lieu à la galerie comme convenu.

Les comptes sont exacts et le cash correspond bien au reliquat de la vente du bar russe et de l'épicerie de la VOLGA.

Mais, Andrei ne semble pas satisfait. Il lui manque quelque chose.

« *Sais-tu qui m'a dénoncé ?* » demande-t-il

La veuve PLYNN

en fixant les yeux de son ex.

« *Comment veux-tu que je saches ?* » répond Elvira avec beaucoup d'assurance.

Andrei la fixe longuement.

Elvira soutient son regard. Elle ne veut pas baisser les yeux. Elle ne veut pas donner l'impression d'être impliquée de près ou de loin dans cette histoire.

Puis, elle ajoute :

« *J'ai passé des moments pénibles dans les services du bureau du procureur. … Je ne pourrai jamais oublier ces heures pénibles durant lesquelles, j'ai cru que ma vie allait basculer en enfer. … Et pourquoi crois-tu que j'ai été expulsée du pays si j'avais été le corbeau qui t'a dénoncé?* »

Andrei ne répond pas. Puis :

« *Pourquoi as-tu changé de nom ?* »

Elvira ne sait pas quoi répondre.

« *WALKER ? C'est bien ça ?* » ajoute Andrei.

« *Oui !* » répond Elvira.

« *C'est avant ou après mon incarcération à la prison fédérale ?* » demande Andrei.

« *Avant ou après, quelle importance ? … Je ne savais plus ce que je faisais. … J'avais besoin de me sortir de ce guêpier. … Tu crois que cela a été simple pour moi ?* » conclut-elle la voix à moitié étranglée.

« *Ne crois-tu pas que j'ai une part dans ta galerie et dans ta villa ? … C'est un peu grâce à mon argent que tu as pu t'offrir tout ça, non ? … J'ai pas raison ? Alors, voici ce que nous allons faire ...* »

Très calmement, Andrei dicte ses exigences.

Une part sur la galerie, participation aux bénéfices sur les ventes avec un minimum mensuel, jouissance à volonté de la villa, invitation de ses amis à séjourner dans la villa, participation aux bénéfices en cas de location ou de la vente de la villa, part sur les les largesses des amants ….

C'est à prendre ou à laisser.

Courir le risque de le voir anéantir tout ce pourquoi elle s'est battue toutes ces années, est au-dessus de ses forces.

Elle n'est pas disposée à perdre ce qu'elle a mis du temps à réaliser, ni la galerie de peinture, ni la villa.

Ajouté à cela, sa liberté (son bien le plus précieux) n'est pas à vendre.

Alors pour ne pas le braquer davantage, éviter une intrusion encore plus invasive dans tous les autres compartiments de sa vie (conditions de l'acquisition de sa nouvelle identité, ...) et pour avoir la paix, elle transige.

Son abnégation va jusqu'à accepter de recoucher avec lui, même si, elle se souvient d'un homme particulièrement brutal au lit, un homme imbibé de vodka du matin au soir qui n'a cure du bien-être de son épouse.

Il ne connaît ni les préliminaires, ni les caresses. Une vraie brute.

Quand il réussissait à obtenir une érection (généralement de courte durée), Elvira devait se tenir toujours prête pour une pénétration immédiate, brutale, douloureuse.

Cela se terminait toujours en larmes, et par de longues minutes, recroquevillée dans un bain chaud pour tenter de panser les tissus meurtris.

Elle se souvient d'un homme qui à plusieurs reprises, l'a souillée en l'obligeant à avoir des rapports sexuels avec des amis à lui.

De temps en temps, elle était obligée de partager son lit et son mari avec d'authentiques prostituées, ramenées à la maison pour améliorer l'ordinaire, comme il se plaisait à le dire.

Et c'est elle qui était tenue de laver les draps souillés et de faire le ménage.

A son crédit, il n'avait jamais levé la main sur

elle.

Un homme ne doit jamais battre une femme, disait-il. Il mettait un point d'honneur à respecter et appliquer ce principe.

Il se contentait de la menacer à longueur de journée. Elle ne pouvait rien dire. Monsieur connaît du monde, à ce qu'il paraît. De plus, il détenait son passeport.

Malgré la réminiscence de tous ces événements douloureux, elle accepte ce nouveau sacrifice tout en sachant à quoi elle s'expose, mais refuse catégoriquement de se remarier avec lui.

Elle a d'autres projets.

Dès lors, tous les événements en cours ou à venir sont soumises à l'approbation d' Andrei qui s'arroge le droit de décider de ce qui doit être et de ce qui ne doit pas être.

Ainsi, le projet baptisé « Joseph PLYNN » a recueilli son assentiment et le plan d'Elvira a été revu et corrigé.

Il veut en tirer le maximum. Il veut se refaire une santé financière grâce aux largesses (supposées acquises) de Joseph PLYNN.

Il ne reculera devant rien pour faire aboutir ce projet dans lequel, il se voit comme le grand organisateur.

38

Robert examine les photos rapportées par le détective privé.

Il voulait savoir.

Maintenant qu'il sait, que faire de cette information ?

Il est perplexe.

Il ressent à la fois, une certaine honte pour l'honneur bafoué de son père et une réelle inquiétude concernant la sécurité de la famille.

Il imagine le pire.

Il mesure l'étendue du désastre causé par ce mariage qui ne ressemble à rien.

Il a eu à faire à ce fameux chef des travaux.

Il sait quel type d'homme il est : peu recommandable, potentiellement dangereux.

Il l'a senti lors de leur face à face dans son bureau.

En parler à Ann, n'est probablement pas la meilleure solution.

Ann ne sait pas prendre le recul nécessaire pour évaluer une situation.

Ann est une personne frontale.

Elle est capable de reprendre l'avion pour

affronter Elvira une seconde fois sur ses terres.

Or dans ce genre d'affaire, il faut savoir garder la tête froide, même si ce n'est pas une situation banale de savoir que son propre père est cocu.

Robert se sent seul. Il ressent un certain malaise. Il se sent impuissant.

Pourtant, il lui faut trouver une solution, rapidement.

Pour commencer, il faut connaître la nature exacte de cette tisane confiée au pharmacien.

Oui, c'est par ça qu'il faut commencer. Savoir si cette tisane est un danger pour la santé de son père.

Robert a besoin de preuves irréfutables pour confondre sa marâtre et l'obliger à déguerpir.

Par conséquent, il quitte son bureau et se rend chez le pharmacien.

Il fait la queue en cette fin de matinée.

Enfin son tour.

Il demande à voir le pharmacien, occupé dans l'officine.

Enfin il arrive.

« *Bonjour monsieur !* »

« *Bonjour ! Que puis-je faire pour vous ?* »

« *Avez-vous les résultats de ce que je vous ai demandé ?* »

« *Oui, un instant s'il vous plaît* »

Le pharmacien retourne dans l'officine et revient un instant plus tard. Il invite Robert à se placer au bout du comptoir pour plus de discrétion.

Il tient dans la main, une enveloppe qu'il décachette. Il en tire un papier qu'il déplie. Il chausse ses lunettes, parcourt le contenu du papier puis **:**

« *Eleutherococcus senticosus. Oui, c'est bien ça* »

« *Quoi ? Que dites vous ?* » demande Robert

« *C'est du Ginseng de Sibérie.* »

« *C'est quoi ?* » insiste Robert.

« *Un stimulant du système nerveux central. … Un anti-hypnotique, un hypertenseur entre autre … Il améliore les performances physiques et psychiques* » précise le pharmacien.

« *C'est vous qui prenez ça ?* » Ajoute le pharmacien

« *Non, c'est mon père.* » répond Robert d'une voix éteinte.

« *J'espère que votre père ne fait pas de l'hypertension.* » prévient le pharmacien.

« *Je ne sais pas. … Et si c'était le cas ?* » s'inquiète Robert.

Il commence à comprendre la situation.

« *Pour simplifier, il réduirait son espérance de vie de façon drastique. Vous comprenez ce que je veux dire ? »* répond le pharmacien.

« *Oui hélas ! »* ânonne Robert.

39

De retour à la maison, Robert appelle son père et lui propose de déjeuner avec lui.

Pas cette semaine. Elvira rentre de voyage en fin de semaine, et il doit traiter une foule de choses avant son retour.

Avant de raccrocher, il lui demande :

« *How are you Dad ? Everything is ok ?* »
(comment vas-tu, papa? Tout va bien ?)

Joseph décèle quelque chose d'inhabituelle dans la voix de son fils.

« *Why this question ?* » *(Pourquoi cette question?)*

« *I just want to hear from you about your health* » *(Je veux simplement prendre des nouvelles de ta santé.)*

« *Well … For some time now, I have been feeling very tired. … I'm breathless at the slightest effort … I think I must consult a doctor.* » *(Eh bien … Depuis un certain temps, je ressens une grosse fatigue. … Je suis essoufflé au moindre effort. … Je pense que je dois consulter un médecin.)*

« *Do it very quickly, please !* » *(S'il te plaît, fais le sans tarder!)* recommande Robert.

« *Don't worry, my dear son ! I'm solid as a rock* » *(Ne t'en fais pas, fiston. Je suis solide comme un roc.)* dit Joseph sur un ton rassurant.

« *A last question, Dad : do you regularly*

check your blood pressure ? » *(Une dernière question papa : fais-tu contrôler régulièrement ta tension artérielle?)*

« *Not really ... I don't have time to worry about that. But the last time, the results were not glorious.* » *(Pas vraiment ... Je n'ai pas le temps de me préoccuper de ça . Mais la dernière fois, les résultats n'étaient pas glorieux.).*

« *Would you like me to make an appointment with the cardiologist ?* » *(Veux-tu que je te prenne un rendez-vous chez le cardiologue?)*

« *Why not ? But not now. I'm very busy. ... Robert, a question in my turn : what makes you so worried ?* » *(Pourquoi pas ? Mais pas maintenant. Je suis très occupé. ... Robert, une question à mon tour : qu'est-ce qui te rend si inquiet ?)*

Robert hésite à répondre, puis :

« *I must confess something Dad.* » *(Je dois t'avouer quelque chose, papa.)*

« *Ah ? What do you mean ?* » *(Ah ? Que veux-tu dire?)*

« *Dad, do you remember the box of Russian*

herbal tea ? » *(Papa, te souviens-tu de la boîte de tisane russe?)*

« *Yes I do.* » *(Oui.)*

« *I asked the pharmacist in my neighborhood to analyze the content.* » *(J'ai demandé au pharmacien de mon quartier d'analyser le contenu.)*

« *So what?* » *(Et alors?)*

« *To tell things simply, if you suffer from hypertension, you should not consume this herbal tea. Do you understand what I'm explaining to you ?* » *(Pour te dire les choses simplement, si tu souffres d'hypertension, tu ne devrais pas consommer cette tisane.Tu comprends ce que je suis en train de t'expliquer?)*

« *Really ?* » (Vraiment ?)

« *Dad, I would have liked not to have to reveal all this to you. You can believe me.* » *(Papa, j'aurais aimé n'avoir pas à te révéler tout ceci. Tu peux me croire.)*

«*To tell the truth, my blood pressure is not good. ... What can I do against it ? And if that's how I must go to join Barbara, I'm ready. I miss her so very much.*» (*Pour te dire la vérité, ma tension artérielle n'est pas bonne. ... Mais que puis-je faire contre ça ? Et si c'est de cette façon que je dois aller rejoindre Barbara, je suis prêt. Elle me manque beaucoup.)* ajoute Joseph un peu fataliste.

Après quelques secondes de silence, Joseph poursuit :

« *... I think this marriage was the most serious mistake I have have made in my life .... I know how much I have deceived you and how much you have suffered ... I bed your pardon ... I feel so guilty for all this mess ...* » (*... Je pense que ce mariage a été la plus grave erreur que j'ai pu faire dans ma vie. .... Je sais combien je vous ai déçu et combien vous avez souffert ... Je vous demande pardon ... Je me sens tellement coupable pour tout ce gâchis. ...)*

Robert est submergé d'émotion. Il a les larmes aux yeux.

Joseph poursuit :

« *I made the decision to divorce. I have not announced it yet to Elvira.* » (*J'ai pris la décision de divorcer. Je ne l'ai pas encore annoncé à Elvira.*)

« ***Good decision !*** » *(Bonne décision!)* répond Robert à moitié soulagé.

Joseph ne tarit pas de paroles.

« ***You know Robert, there are two forces that no human being on this earth can fight : habit and love. … I loved your mom passionately. … No woman in the world can make me forget your mother. … She's so present in my life. … I feel her presence more and more around me. … I even see her in my bedroom. … She's peacefull. … She seems patient. … She's waiting. … She's waiting for me.*** »   *(Tu sais Robert, il y a deux forces qu'aucun être humain sur cette terre ne peut combattre : l'habitude et l'amour. … J'ai aimé passionnément votre maman.   Aucune femme au monde ne peut me faire oublier votre mère. … Elle est si présente dans ma vie. … Je sens sa présence de plus en plus autour de moi.   … Il m'arrive même de l'apercevoir dans ma chambre. … Elle est sereine. Elle semble patiente. … Elle attend. … Elle m'attend. …)*

« ***Really ?*** » *(Vraiment?)* demande Robert.
« ***Oh Yes Robert, That's true !*** » *(Oh oui*

Robert, c'est vrai!) répond Joseph sûr de son affirmation.

Après avoir terminé sa conversation avec son père qui a promis de l'appeler tous les matins jusqu'au retour d'Elvira , Robert ne se sent pas bien.

Il a comme une prémonition.

Comme si l'histoire allait se répéter.

Il ne sait ni quand, ni comment cela va se passer.

Il ne sait pas si, au moment fatidique, il pourra supporter un autre coup du sort.

Il n'a pas encore digéré la disparition de sa mère, même si aujourd'hui, il porte sur ses épaule, la destinée de la famille PLYNN.

40

Deux jours avant la fin de la semaine, Joseph n'a pas appelé son fils de toute la journée, comme convenu.

Après plusieurs tentatives téléphoniques infructueuses, Robert decide de se rendre à l'appartement.

Avant de partir, il prévient les secours.

275 La veuve PLYNN

A son arrivée à l'appartement, les secours sont déjà sur place.

Robert sonne à plusieurs reprises.

Pas de réponse.

Alors, il utilise la clé que son père lui avait confiée, et ouvre la porte.

Il pénètre dans l'appartement en premier.

D'un pas hésitant, il se dirige vers la chambre, suivi des secouristes.

Il ouvre la porte de la chambre.

Son cœur bat à mille à l'heure.

Il appuie sur l'interrupteur.

La chambre s'éclaire.

La chambre est vide.

Il ressort de la chambre et fonce dans les toilettes.

Personne.

Toutes les pièces de l'appartement sont inspectées l'une après l'autre. En vain.

Les secouristes sont repartis avec les plates excuses de Robert. Ils ne lui en veulent pas.

Robert reste un moment dans l'appartement, puis décide de rentrer à Chantilly.

Au même moment dans Kentucky, Ann revient d'un rendez-vous à l'extérieur.

En pénétrant dans son bureau, elle eut le choc de sa vie.

Joseph est assis dans un des fauteuils visiteurs, dos face à la porte.

Ann se fige. Elle ne comprend pas. Oui, c'est bien son père. Même de dos, elle le reconnaîtrait entre mille.

« **Dad ?** » *(Papa ?)* Dit-elle le souffle coupé.

« **Yes, it's me ! Hello !** » *(Oui, c'est moi!*

Bonjour !) répond calmement Joseph en faisant pivoter son fauteuil pour lui faire face.

« ***What are doing here ?*** » *(Que fais-tu ici?)* interroge Ann très inquiète.

Joseph se lève et embrasse sa fille en la serrant très fort dans ses bras.

Il sourit et a l'air amusé de voir sa fille dans tous ses états.

« ***I'm putting my house in order. So, I start here. … It was here that everything began*** » *(Je suis en train de mettre de l'ordre dans mes affaires. Alors, je commence ici. … C'est ici que tout a commencé.)* répond Joseph.

Ceci dit, il se réinstalle dans le fauteuil.

Ann dépose sa sacoche sur le bureau, range son sac à main dans le placard, et fait de même.

De l'autre côté du bureau, elle fait face à son père.

Avant toute chose, elle décroche son

téléphone, demande à sa secrétaire d'annuler tous les rendez-vous de la journée et de ne la déranger sous aucun prétexte.

Ils ne se quittent du regard.

Joseph semble faire le plein d'images du visage de sa fille. Comme si c'est la dernière fois qu'il la voit.

Ann essaie de comprendre ce que son père est venu lui dire.

Son cœur bat très fort.

Joseph continue de sourire.

« **What do you mean, Dad ?** » *(Que veux-tu dire, papa?)* demande Ann.

Joseph ne répond pas. Par contre **:**

« ***Could you come with me to the giant sequoia as soon as you can ? ... I have to go and visit an old friend.*** » *(Pourrais-tu m'accompagner auprès du séquoia geant, dès que tu peux ? ... Je dois aller rendre visite à une vieille amie.)*

Ann comprend à demi mot ce que son père vient d'exprimer.

« **We could go as soon as you want** » *(On pourrait y aller dès que tu le souhaites)* répond Ann.

« **OK, thanks ! Can we go now ?** » *(OK, merci ! Pouvons-nous aller maintenant ?)*

« **Yes, Dad ! Sure !** » *(Oui, papa! Bien sûr !)*

Alors, Joseph et sa fille Ann se rendent dans le parc national de Mammoth Cave autour du séquoia géant.

Joseph s'adosse au séquoia géant et se laisse glisser jusqu'au sol.

Ann s'agenouille auprès de lui.

« **I miss you darling ! … How I miss you !** » *(Tu me manques chérie ! … Comme tu me manques!)* dit Joseph en sanglotant.

Il reste un moment silencieux, puis :

« **Darling ! Yes, I did a big bullshit by**

remarrying. But, I took the firm decision to divorce. As soon as it's done, I'll come to join you. » *(Chérie ! oui, j'ai fait une grosse connerie en me remariant. Mais, j'ai pris la ferme décision de divorcer. Dès que c'est fait, je viendrai te rejoindre.)*

Ann n'en croit pas ses oreilles.

« *Really , Dad ? You want to divorce ?* » *(Vraiment papa, tu veux divorcer?)* interroge Ann.

« *The earliest would be best !* » *(le plus tôt sera le mieux.)* confirme Joseph.

« *Oh great ! I'm so happy !* » *(Oh génial ! Je suis si heureuse!)* s'exclame Ann.

Alors, patiemment, méthodiquement, Joseph raconte la découverte de Robert. Il exprime également sa crainte concernant sa santé chancelante. Il se sent en mauvaise santé. Il ne sait pas s'il va survivre à tous ces événements. Et c'est la raison pour laquelle, il est important pour lui de remettre de l'ordre dans ses affaires.

Ann écoute son père sans l'interrompre.

Après qu'il eut fini le récit de ce qu'il vient de traverser depuis son remariage avec Elvira, Joseph ajoute cette petite phrase laconique mais lourde de sous entendus :

« *Ann, we'll meet again soon in France* »

(Ann, nous nous reverrons bientôt en France.)

La veuve PLYNN

41

Après ce moment d'intenses émotions dans le parc, Ann accompagne son père dans sa maison pour prendre un peu de repos.

Joseph doit rentrer en France dans deux jours. Il est donc prudent de reprendre des forces avant de refaire la traversée vers la France.

Mais avant de se mettre au lit, il charge Ann

d'informer Robert de sa petite escapade en Amérique.

Ann raconte à son frère ce qu'elle vient de vivre.

Robert n'en revient pas, mais se sent soulagé de le savoir chez sa sœur.

Tous les deux pensent que l'attitude la plus raisonnable, c'est de l'empêcher de retourner en France.

Mais tous les deux connaissent parfaitement la détermination de leur père.

Joseph n'est pas du genre à se dérober.

Il veut annoncer lui même sa décision à sa future ex épouse. Il ne veut pas se cacher derrière un avocat pour accomplir ce qu'il croit être son devoir.

Connaissant les intentions de son père, Robert se croit à présent, autorisé à monter un dossier pour contraindre sa marâtre à accepter le divorce sans faire de scandale ou exiger une réparation morale qui serait hors de prix.

Il se sent revivre.

La décision de son père de se séparer de cette femme qui est le diable incarné, lui permet d'entrevoir l'avenir de la cellule familiale sous les meilleurs augures.

Il est comblé de savoir que son père n'a pas oublié sa mère. Il en a parlé avec Ann. Cela leur a procuré beaucoup de joie.

Il n'a plus qu'une chose en tête, aller chercher son père à l'aéroport pour lui faire un compte-rendu complet concernant ses recherches, et discuter ensemble des modalités de la mise en œuvre de la décision.

Le jour du retour de Joseph en France, Robert se rend à l'aéroport pour accueillir son père.

Il attend patiemment.

L'avion est annoncé.

Atterrissage à l'heure prévue.

Débarquement des passagers.

Les passagers sortent un à un.

Pas de Joseph en vue.

Le dernier passager du vol vient de sortir.

Robert attend encore quelques minutes.

Il appelle Ann.

Ann confirme que Joseph a bien pris l'avion pour Paris.

Grosse inquiétude dans le Kentucky.

Robert perd pied.

Il se rend au comptoir de la compagnie américaine qui a affrété le vol depuis les Etats-Unis.

Il se présente et expose son souci.

La dame au comptoir, lui demande une pièce d'identité.

Ensuite, elle décroche son téléphone, discute un moment avec son interlocuteur à l'autre bout du fil, puis raccroche.

Elle l'invite à patienter un instant.

Quelques instants plus tard, un homme et une femme arrivent au comptoir, le saluent et lui demandent de les suivre.

Ils le font rentrer dans un bureau, le font asseoir avant de lui annoncer la triste nouvelle.

Au moment du débarquement, le personnel navigant a constaté le décès de Monsieur Joseph PLYNN, passager en première classe, embarqué sur le vol Louisville - Paris au Louisville International Airport.

D'après les premières constatations faites par le médecin de l'aéroport, Joseph PLYNN a été victime d'une crise cardiaque pendant son sommeil. Il n'a pas souffert.

A la demande du procureur de la République, le corps est transféré à l'institut médico-légal de Paris, pour y être autopsié.

Robert est anéanti. Il ne sait pas quoi dire. Il accuse le coup. Il reste un moment dans le bureau de la compagnie, puis, après avoir reçu les dernières consignes lui permettant de se rapprocher des autorités françaises et américaines, Robert, sort enfin du bureau et se dirige vers un bar situé à l'intérieur de l'aéroport.

Il commande un double whisky.

Il n'arrive pas à le boire.

La dernière fois qu'il a but un whisky, c'était avec son père à Grasse.

42

« ***Hello , Ann ?*** » *(Allo, Anne?)*

« ***Yes Robert, You found him ?*** » *(Oui Robert, tu l'as retrouvé?)* s'inquiète Ann.

« ***Yes I did !*** » *(Oui!)* répond Robert qui peine à lui dire la mauvaise nouvelle.

« ***Good, where was he ?*** » *(Bien, où est-ce qu'il était?)* demande Ann, impatiente de savoir.

La veuve PLYNN

« *Ann, ….* » (Anne …)

Robert n'arrive pas à lui dire.

« *Robert, please, what happens ? … please, telle me ! Please ….* » *(Robert , s'il te plaît, qu'est ce qui se passe ? S'il te plaît dis moi !, s'il te plaît ...)* insiste Ann.

« *Dad is dead. I am so sorry.* » *(Papa est décédé. Je suis tellement désolé)* dit Robert qui éclate en sanglots.

Ann éclate en sanglots à son tour.

Après un moment :

« *Does Shirley know what happened ?* » *(Shirley sait ce qui s'est passé?)* demande Ann entre deux sanglots.

« *Not yet. I don't know how to tell her* » *(Pas encore. Je ne sais pas comment le lui annoncer.)* avoue Robert.

« *Don't worry Robert, I'll call her. You, you're in charge of calling Elvira. Yes ?* » *(Ne t'en fais pas Robert, je vais l'appeler. Toi, tu te charges d'appeler Elvira. Ok?)*

Il raccroche. Il prend le verre de whisky et porte un toast :

« ***Cheers !*** » *(santé!)*

Ensuite, il boit le verre d'un trait.

Robert rentre à Chantilly.

Shirley et sa copine viennent l'accueillir dans la cour.

Ils tombent dans les bras l'un et l'autre.

Ils pleurent, et ne peuvent s'arrêter de pleurer.

L'atmosphère est lourde de tristesse.

Une époque s'achève.

L'histoire s'est répétée.

Les voilà à présent dans un corps à corps sans concession avec leur destin qui les frappe une fois encore avec dureté.

La veuve PLYNN

Ils finissent par se calmer.

Un instant plus tard, ils rentrent à l'intérieur et vont se recueillir dans la chambre de leur père.

Cette chambre dans laquelle, il s'était réfugié parce qu'il ne pouvait plus supporter de voir les affaires de Barbara qui lui rappellent trop de souvenirs.

Shirley s'agrippe au bras de son frère. Elle a peur qu'il s'en aille aussi.

Ann a fait de son mieux pour la rassurer, mais en vain.

Elle est traumatisée.

Robert essaie de la rassurer du mieux qu'il peut. Mais, deux coups du sort successifs, ont fini par avoir raison de sa confiance en l'avenir.

Elle dans une panique indescriptible.

Elle a peur de sombrer dans la folie.

Elle veut retourner aux Etats-Unis, auprès de sa sœur.

Personne n'a envie de dîner.

Mais avant d'aller se coucher, Robert envoie un message téléphoné à Elvira à Grasse pour lui annoncer le décès de son père.

Le message lui parviendra le lendemain matin.

A Paris, au lendemain du décès de Joseph PLYNN, une dure journée s'annonce.

Robert doit se rendre à l'institut médico-légal pour formellement reconnaître le corps de son père.

Shirley se propose de l'accompagner.

Au même moment à Grasse, Elvira reçoit le message téléphoné.

Elle l'écoute jusqu'au bout sans broncher.

Elle se retourne vers Andrei et lui dit :

« *Ça y est !* »

Elle n'a pas besoin d'en dire plus.

Andrei se rend à la cuisine et rapporte une bouteille de champagne.

Il la débouche et remplit deux coupes.

Il porte un toast. Ils trinquent. Ils boivent.

« *Tu vois, ça paie d'avoir laissé le corps de ce vieillard prendre possession de toi et te pénétrer avec son vieux pénis. … Tu ne voulais pas. … Tu as vu, cela n'a pas duré longtemps. … Dès ton retour, fais disparaître la boite de tisane. C'est capital ! Tu as bien compris ? Sinon, tu sais ce qui t'attend …* » ajoute Andrei.

Elvira l'écoute sans répliquer.

Elle est préoccupée par son retour à Paris.

Elle doit participer à l'organisation des obsèques et faire valoir ses droits à l'héritage.

43

De retour chez elle après cette journée marquée par l'enterrement de son mari, Elvira, veuve de fraîche date, s'est installée pendant quelques instants dans un des fauteuils du salon, toujours habillée de noir, un verre de cognac à la main.

Elle essaie de décompresser après cette

« supposée »   épreuve.

Elle attend un coup de fil d' Andrei.

Il doit venir la rejoindre à l'appartement après l'enterrement.

Elle ne veut pas y demeurer toute seule.

Quelques minutes plus tard, alors qu'elle tente de faire le vide dans son esprit, et d'évaluer les autres étapes à venir pour parachever ce qu'elle a commencé, elle se souvient tout à coup que, la boîte de sachets de tisane n'a pas été jetée comme l'a recommandé son ex mari Andrei.

Elle se précipite à la cuisine.

Elle ouvre le placard.

Elle cherche frénétiquement la boîte de tisane.

Elle n'est plus à sa place.

Elle ne comprend pas.

Grosse panique.

Elle cherche encore et encore.

Elle fouille dans tous les placards. Elle a peut-être été déplacée. On ne sait jamais.

Rien !

Elle retourne s'asseoir dans le fauteuil.

On sonne à la porte.

Enfin Andrei ! Se dit-elle. Elle est soulagée.

Elle se lève et va ouvrir la porte.

Elle ouvre la porte.

Personne !

Elle examine le couloir de gauche à droite : personne.

Un courant d'air glacial venu de nulle part, l'enveloppe de la tête au pied.

Elle a la chair de poule. Elle frissonne. Elle referme précipitamment la porte et retourne s'asseoir au salon, essayant de se rappeler où elle a pu ranger la boite de sachets de tisane.

L'appartement est vide. Il n'y a personne à part elle.

Pourtant, elle a la désagréable impression qu'elle n'est pas seule. Elle sent une présence à ses côtés.

Elle attend désespérément l'arrivée d' Andrei.

Mais, Andrei ne vient pas.

Elle s'interroge.

Alors, ivre d'alcool et de fatigue, Elvira finit par s'endormir dans le fauteuil.

Au petit matin, elle est réveillée par une envie pressante.

Après quoi, elle regagne la chambre conjugale.

Elle revoit le corps flasque du vieil homme auprès duquel, elle a passé tant de nuits en serrant les poings.

Elle se souvient de son souffle chaud dans son cou alors qu'il tente de la pénétrer sans y parvenir.

Elle se souvient du nombre de fois, qu'elle a été obligée de changer les draps parce que le vieil homme n'est pas parvenu à la pénétrer.

Elle se souvient de son haleine qui empeste le whisky.

Que d'instants de vie sacrifiés au nom de son rêve !

Si c'était à refaire, elle n'est pas sûre de vouloir revivre ces instants dont elle ne tire aucune nostalgie.

Dans sa tête, une obsession : comment faire pour récupérer l'appartement, le mettre en vente et quitter le pays ?

Devra-t-elle engager un avocat, ou bien

négocier avec Robert ?

Elle n'a pas oublié l'attitude conciliante de ce dernier, prenant fait et cause pour elle à Grasse, alors que Ann ne voulait pas entendre parler d'elle.

Mais, Robert est-il toujours son allié ?

L'épisode du chef des travaux venu réclamer de l'argent à Joseph, a peut-être, altéré son opinion et sa bienveillance à son égard.

Il faut qu'elle sache si Robert est toujours cette personne qu'elle pouvait manipuler à sa guise à cette époque précédant son mariage, pour servir ses intérêts.

Elle ne veut plus vivre en France.

Pour elle, la France, c'est terminé !

Elle décide de prendre un bain.

Elle se démaquille pendant que la baignoire se remplit de mousse parfumée.

A peine est-elle installée dans la baignoire qu'elle entend sonner à la porte.

Elle hésite.

Cela peut être Andrei.

Alors, elle passe rapidement un peignoir et se précipite à la porte.

Elle ouvre la porte.

Face à elle, deux policiers venus lui remettre une convocation en mains propres.

Ils prennent congé.

Elvira referme la porte.

Elle ouvre frénétiquement l'enveloppe.

Elle prend connaissance du libellé de la convocation.

Le motif de la convocation : « Affaire vous concernant ».

Elle devient nerveuse.

Extrêmement nerveuse.

Doit-elle se rendre à cette convocation ?

Va-t-elle se rendre à cette convocation ?

Elle décroche le combiné de son téléphone et appelle Andrei. à son hôtel à Saint-Lazare.

La réceptionniste lui indique que Monsieur AZAROV a quitté l'hôtel hier en fin de journée sans laisser d'adresse.

Elle pose le combiné et le reprend aussitôt.

Elle compose le numéro de la villa à Grasse et laisse plusieurs messages au cas où.

Effectivement, Andrei est retourné à la villa.

Il finit par la rappeler.

Elle n'a pas le temps de lui faire une scène pour n'avoir pas tenu sa promesse de passer la nuit avec elle à l'appartement.

Elle se contente de lui expliquer l'urgence et la gravité de la situation.

Elle attend ses consignes avant de se rendre à la convocation à 14 heures.

Contre toute attente, et avant toute chose, Andrei prend des nouvelles de la boite de sachets de tisane.

Elle lui avoue la disparition de la boite. Elle ne sait pas où elle est passée.

Andrei se contente de lui promettre de la rappeler plus tard.

Elvira repose le combiné, à moitié rassurée.

Andrei, range précipitamment ses affaires, ferme la villa, monte dans sa voiture et fonce vers Marseille, en laissant derrière lui, un chantier indescriptible..

Le cauchemar continue.

Elle se souvient des longues heures passées au pôle financier du bureau du procureur à

New-York, à répondre aux mêmes questions encore et encore.

Tout ce passé (pas si lointain), lui revient en pleine face comme un boomerang.

Elle ne veut pas revivre ça.

Elle retourne dans la salle de bain finir de prendre son bain, dans un inconfort total.

Son visage accuse le coup.

Devant le miroir, elle tente d'arranger son visage avec un peu de fond de teint et quelques coups de crayon.

Elle s'habille sobrement et va s'installer près du téléphone.

10h30.

Pas d'appel.

Midi.

Pas d'appel.

Elle commence à désespérer.

Elle se sent en hypoglycémie.

Il lui faut manger quelque chose.

Elle se prépare une assiette de saumon fumé, quelques blinis tièdes, (une vieille habitude alimentaire acquise à l'époque de l'épicerie de la Volga) et un grand verre de Chardonnay.

Le téléphone reste muet.

Andrei est loin.

13h30.

Elle se met en route d'un pas décidé.

Elle arrive au commissariat.

Elle montre sa convocation.

L'agent de l'accueil prévient le commandant.

Quelques instants plus tard, le commandant vient la chercher et la fait rentrer dans son bureau.

La veuve PLYNN

En pénétrant dans la pièce, Elvira voit sur le bureau du commandant, la boite de sachets de tisane.

A SUIVRE ...

La veuve PLYNN

En préparation :   ELVIRA PLYNN

(La suite de la Veuve PLYNN)

La veuve PLYNN